小学館文庫

派遣社員あすみの家計簿

青木祐子

小学館

目次

Hakenshain Asumi
no Kakeibo

派遣社員あすみの家計簿

Hakenshain Asumi no Kakeibo
Yuko Aoki

1

カードを、折る

お母さんへ
前略　お元気ですか？

私は実は、あまり元気ではありません。

野崎理空也（のざきりくや）さんとはお別れしました。マンションを勝手に出て行ってしまったので、今はひとりで住んでいます。

結局、お母さんの言うとおりだったということです。

理空也さんは、誠実な人ではありませんでした。

結婚するなんて嘘（うそ）だったし、飲食店のオーナーでもありませんでした。ただのフリーターでした。

お母さんには見る目がないなんて、言ってしまってごめんなさい。

やっぱり会社だけは辞めるべきじゃなかったと今になって後悔しています。

あのとき、お母さんの言うことを聞いておけばよかったなって。

マンションは無駄に広くて駅から遠いし、会社の補助がなくなってしまったので、家賃が地味にきついです。

光熱費も、理空也君のスマホ代も私の口座から引き落としだし、しばらく頑張ってみたけど、どうしてもお金が足りなくなってしまって。

つきましては、大変心苦しいのですが、当面の生活費の仕送りを

「――なんて、書けるかーーー！」

あすみはついに耐えきれなくなり、便せんを放り出した。

新品のテーブルの上を、モンブランの万年筆が転がる。

インクの色は濃紺。和紙のレターセットに映える鮮やかさである。手紙を書く習慣なんてないから、今日、銀座の伊東屋でまとめて買った。

今年の七月――二か月前にケンカをして以来、メールすらしていない母親に連絡をとるのだから、投資が必要だった。手書きをすれば気持ちが伝わる――という以前に、スマホの連絡先を消してしまったので、手紙を出すしかないのである。

着信拒否はしていない。向こうにアドレスは残っているだろうし、本気で連絡をとろうと思えば、妹のアドレスを残してあるので、そこから辿ればいいのだが。

あすみは、お姉ちゃん本気なの？　と呆れたように言ってきた妹、未来子を思い出す。

ついこの間会ったばっかりの人と、いきなり結婚するってさぁ……。その男の人の給与明細見せてもらってからでいいんじゃないの？　社長っていったって、小さな店ひとつやってるだけなんでしょ？

お姉ちゃんみたいな人が、いきなり飲食店の手伝いなんかできるわけないって。ていうか、せっかくいい会社に入ったのに、辞めることないじゃん。もったいない。あんたはたった三年勤めただけで産休育休とってるくせに、何がわかるっていうの。と言い返してやりたかったが、姪が泣き始めてしまったので言い損ねた。

両親は、どうしても結婚するというのなら一年待てと言った。そこを押し切って同棲を始めたのはあすみである。

ぼくは奥さんには専業主婦になってもらいたいんだよね、と言ったのは理空也だ。ぼくは経営に専念したいから、家庭はあすみちゃんに任せるよ。結婚したらカードも通帳も全部渡す。ぼくの収入はあすみちゃんのものだから、服でも化粧品でもエステにでも、好きなように使えばいいよ。ぼくは奥さんには綺麗でいてもらいたいから。今、友人に六本木のタワーマンションを紹介してもらっているところなんだ。それまでの間に住む場所を探してる。一緒に住もうか？

たぶん年内には年商が一億を突破すると思う。まずは一緒に住んで、入籍するのと同時にタワーマンションに引っ越そう。ご両親はそのあとで説得しよう。たぶんぼくが直接話せば納得してくれるんじゃないかな。今は忙しくて名古屋に行けないのは申し訳ないけれど、こういうのは焦ってはいけないと思うんだ。

理空也は頼もしかった。語る夢はかっこよくて、退屈な会社員生活とはまるで違った。真夏の引っ越しも、区外のマンションから銀座の会社に通うのも、タワーマンションに引っ越すまでの仮住まいだと思うと面白く思えるくらいだった。

少し早いけど会社を辞めようかなとあすみが言うと、理空也はパッと笑って、嬉しいなと言った。

まさか理空也がただのバイトだったとは……。

あすみは床に転がった万年筆を拾い上げ、テーブルに置いた。

ついでにスマホを手にとり、返事がないとわかっているLINEの画面をなんとなく開いてみる。

最後の理空也からのLINEは一か月少し前である。

つまりあすみが会社を辞めた日。送別会から帰ってきて、花束を抱えたまま真っ暗な部屋に立ち尽くしていたら、スマホが鳴った。

あすみちゃん、ごめん。

——別れるのはいいけど、こんなやりかたはあんまりである。

あすみはテーブルの上に置いてある財布と通帳、クレジットカード明細の封筒にいやいや目をやる。

両方ともいつもはほとんど見ないが、今回は見ないわけにいかなかった。先月に買った家電の分が、どれくらい引かれるか確かめなくてはならないのである。家賃の引き落としは来週に迫っている。九万二千円。これは残しておかなくてはならない。

カードのお金が引かれるのは来月十日。最後の給料と退職金は、カードの引き落とし額よりも少なかった。財布に入っているのは五千円とちょっとである。

あすみはスマホの電卓アプリを起動した。震える手で通帳を開け、通帳残高から、家賃と光熱費とカードの数字を引く。

４２８

そんなはずはない。少なくとも十万円、当面の生活費くらいは残るはずである……。

もう一回計算したが同じ数字だった。

あすみはあちこちの明細とカレンダーとＬＩＮＥのやりとりを見直して、やっと思い当たる。

引っ越しのお祝いに理空也には靴、自分には新しいバッグを買った。そのあとふたりで行ったレストランのワインが、思いのほか高かったのである。

「――キャッシング？　いくら借りたの」

「とりあえず十万円」

　あすみが言うと、仁子は紅茶のカップを持つ手を止めて、眉をひそめた。

　そうだろうとあすみは思う。仁子は車でさえキャッシュで買う女だ。あすみと同じ二十八歳だが、ずっとフリーランスでやってきているので、お金の使い方はきっちりしている。

「退職金は？　出たんでしょ」

「出たけど、引っ越しのあれこれと、家電でなくなった。もっと出るかと思ったけど、たった五十万円だったから」

「たった五十万円って」

　仁子は呆れたようにカップを置いた。

「定期とか、保険は？」

「ないよ」

「いま残高いくらなの」

「四百二十八円」

「――信じられない。それでよく会社辞めたよね。それも、京日カーボンなんて、めちゃくちゃ大きくておいしい企業を。独身で、ひとり暮らしで。大した不満もないのに」

「だから、辞めたときはふたり暮らしだったたし。今ごろ既婚者になってる予定だったんだってば……」

いちおう反論してみたが、我ながら説得力に欠ける。

貯金は理空也とつきあい始めてからの三か月であっという間に無くなってしまった。理空也は服や靴が好きだし、視察と称してあちこちへ一緒に行きたがったのだ。金遣いはきれいでケチでもなかった。支払いをあすみのカードで行っていたことを除けば。

あすみはうつむき、チーズケーキにフォークを入れた。濃厚でおいしいが、切れ端のような小さなチーズケーキである。ランチの代わりにしようと思ったのに半端すぎる。こんなことなら仁子のようにスコーンを頼めばよかった。これだから節約は嫌いなのである。

「手もちの現金は？　今日までごはんを食べられて、ここまで来られたんだから、少しはあったってことだよね？」

仁子は尋ねた。

「給料が出たあとで一万円下ろした。スイカに五千円入れて、昨日とおとといはカップラーメン食べて、今日の朝はパンだけだった。本当はサラダチキン買いたかったけど、今は節約したほうがいいかなあって」

「なんでカップラーメンになるのよ。そこは袋ラーメンともやしでしょうが！」

　仁子は怒った。どこが怒るポイントなのかわからない。

「仕方ないじゃん、家電があんなに高かったなんて知らなかったんだから！　もっと早くわかってれば、あたしだって少しは計画的に」

「そういうこと言ってるんじゃないの。根本的に間違ってるってこと。家電だって値札見ないで買ったわけじゃないでしょ。まさか全部、男に任せっきりだったの？」

「男とか言わないでよ……。野崎理空也。りっくんはね、可愛い顔してたけど、あれですごくしっかりしてて、頭もよくて……。うん……いいと思ったんだよ……」

　自分の声がだんだん小さくなっていく。チーズケーキも食べ終わってしまった。もはや仁子は無言であすみを見つめているだけである。

　理空也からは結婚の約束をしたときに会社の書類を見せてもらった。社長だから給与明細書はないんだよ、と言って。数字の羅列ばかりで意味がわからず、三秒見て返した。理空也は、奥さんになるんだから見ないとダメだよと呆れたように言った。年収だったら二千万円くらいになるかな。社長なのに少なくてごめんね。

　今は決算期だから面倒な手続きがあって、すぐに下ろせないようになっているんだけど、引っ越しする前にまとまったお金を渡したほうがいいかな？

　ぼくとしては、そういう手続きは決算が終わってからまとめてやりたいんだよね。

あすみちゃんにも仕事を手伝ってもらいたいし、名義の変更も必要だから。顧問弁護士にも同席してもらって、きちんとやろうと思って。今やったら二度手間だろ。決算が終わったら、会社の人にも正式に紹介するよ。

カードの支払いはいつなの？　ああ、そのころなら大丈夫。当面は百万円か二百万円くらいあればいいね。九月の引き落としの前に振り込んでおくよ。ぼくのカードを使ってもいいけど、結婚に関する支払いは、同じカードのほうが計算しやすいから。

つきあい始めた当初、食事代は気前よく理空也が払った。理空也のカードは航空会社系だった。よくアメリカに行くからねと。ゴールドじゃないのね、とふざけて言うと、アメックスはゴールドにしろってうるさいんだけど、手続きが面倒でそのままになってるんだと答えた。でも、そろそろやらないとね。

その手続きが引っ越しの準備と重なって、一緒に暮らし始めてからは、食事代もあすみのカードで払っていた。ボーナスが出たばかりで、独身生活の最後だというのであすみも気が大きくなって、それまでよりも高級なレストランに行き、買っちゃえばと言われてバッグや服を買った。あすみのカードで支払いをして、なんて気前がいい人なんだろうと感激した。

なにしろ結婚する、会社を辞めると決めてからは目がまわるように忙しかった。結婚したらすぐに家族カードを作るから、それまでは全部、そっちのカードでまとめて支払っておこうと言われたのを、不思議に思う暇もなかった。

「そのしっかりした野崎君は、ただのフリーターだったわけで」

「……もう、それは言わないでよ。仕方ないじゃない。あたしがバカなのは認めるわよ」

あすみは記憶の中の理空也が涙でにじむ前に、やけくそのように言った。

仁子に格好つけても仕方がない。今やあすみには仁子しか頼れる人間がいない。

同棲する前に仁子と理空也を会わせておけばよかったが、そうしたくなかった。仁子が旅行に行っていたというのもあるが、親と同様に反対するだろうと思ったのだ。親なら反発できるが、仁子に反対されたら押し切れない。

つまりあすみだって、理空也のことをほんの少しは疑っていたのだ。

それでも突っ走ってしまったのはなぜなのか、自分でもわからない。

「で、どうするの。会社辞めて、男に逃げられて。名古屋の実家に助けてもらうの？」

「それなんだけどさ……。やっぱり、あれだけ大口叩(たた)いて、絶縁するとまで言った手前……」

「あたしをあてにしてるなら、貸さないわよ。知ってると思うけど。あたしはお金は誰にも貸さないし、借りない主義だから」

仁子はスコーンにクロテッドクリームを塗りながら、きっぱりと言った。

あすみは紅茶のカップを握りしめる。

「それもわかってるよ。でもさ、ちょっとくらい、助けてくれてもよくない？　あたし、仁子の仕事、少し手伝ってあげてたよね。去年の夏、北海道に行ったときはあたしも運転したし、台湾も、あたしがいれば料理がふたり分頼めてありがたいって言ってたじゃん」

「北海道じゃあんたの運転で道に迷って半日無駄にしたし、台湾はひとりで行く予定だったのに、勝手についてきたんでしょうが」

仁子はフリーのツアーコンダクター兼フリーライターである。もともと旅行会社に勤めていたのを、文章を書くのが好きだからと三年前にフリーに転身した。

今はあちこちと契約して団体旅行の添乗員をしがてら、ガイドブックのコラムを書いたりしている。スマホの普及で旅行雑誌やガイドブックの売り上げが落ちて苦境に陥るかと思いきや、フリーペーパーとウエブサイトに仕事を持ちかけて、今や連載まで持っている。

それに比べて自分はと思うと情けなかった。運よく入れたおいしい会社で、そのまなんとなく暮らしていくのかと思うと。大手繊維メーカーの事務の仕事は退屈で、辞めたかったが辞める理由もみつからずに二十八歳になってしまった。

だからこそあすみは、理空也が好きだった。自分の力で夢をかなえている男を尊敬し、彼の妻になりたいと思った。

「そんなふうに言うことないじゃない。十万円なんてすぐ消えちゃうし、今だって、マスカラ切らしてるのに、新しいの買わずにいるんだよ。少し貸してくれれば、次のお給料ですぐに……」

「就職のあてはあるの？」

あすみが弱々しく抵抗するのを、仁子は遮った。

あすみは詰まった。

「いちおう、働かなきゃまずいから、派遣社員の登録とかしてみたり……」

「登録しただけね。あすみってとっかかりは早いんだよね。ヨガやろうと決めたらすぐにジムに申し込みして、ヨガウエア三着買って、それで満足して初回しか行かないタイプ」

言われたとおり、あすみの部屋にはヨガウエアが三着ある。ベリーダンスのウエアと練習用ブルーレイディスクもある。テニスラケット、水着、ギター、アフリカの謎の太鼓、トレッキングシューズとリュックサック、セルフジェルネイルのセット、モンブランの万年筆と和紙のレターセットもある。どれも一回か二回使っただけだ。

「だって、ヨガウエアがなきゃヨガできないし」

「初回はジャージとTシャツで行くんだよ、普通は。合わなかったら無駄になるんだから。あと、買うにしても三着も買わない」

「ピンクとブルーのがあって、どうしても決められなかったのよ。仕方ないじゃない」

「そのね、仕方ないっていう言葉はやめなよ。必要じゃない買い物するのに、仕方ないっておかしいから。欲しいから買うんでしょ」

仁子はカップを置くと、ショルダーバッグから手帳を出した。仁子は職業柄、いつも書くものを持ち歩いている。

「あすみのまずやることは、派遣社員の登録じゃなくて、ハローワークに行くことよ。失業保険の申請、まだしてないんでしょう？」

仁子は手帳の空白のページに、ボールペンで大きく、ハロワへ行く、と書いた。

仁子の字はしっかりとして力強い。見ているだけでハローワークに行きたくなる。

「うん……。そのうち、いつか、行くつもりではいたよ……」

「キャッシングの前に行くべきだったよね。それから、カードを折る。財布から抜いて、当分は自動引き落とし以外にクレジットカードを使わない」

「え」

あすみは驚いて仁子を見つめた。

仁子は手帳に、カードを折る、と書いている。

それもまた力強い字なのだが、こればかりは納得できない。

「それは無理に決まってるよ！　何言ってるの、今こそ人生で一番、カードが必要なときだよ。あたし、現金ないんだから」

仁子は眉をひそめた。

「あすみ、忘れてるだろうけど、カード使ったら支払わなきゃならないんだよ？」

「つまり払うのは来月だよね。今カードで払っておいて、来月までになんとかすればいいってことじゃない」

「なんとかって何？　お金が入るあてがあるの？」

あすみは黙った。

だから仁子に会いにきたのだ。仁子に、どうすればいいのか尋ねるために。

仁子に間違いはない。困ったときにはいつも的確な答えを出してくれる。毒舌だが頼りになる親友、旅と人生のコンダクター、それが原沢(はらさわ)仁子なのである。

「今のところはないけど……。一か月あるんだから、バイトでもすればいいかなって」

「今からバイトしても、次の家賃と光熱費でなくなるよ。収入ないのにカード使えば借金が増えていくだけだよ。クラブとか風俗に勤めるなら別だけど。そうするの？

むしろそれなら一挙に解決なんだけど」

「ちょっと待って……」

あすみは弱々しく首を振った。まがりなりにも丸の内の安定企業の会社員だったのに、いきなり風俗と言われてもついていけない。

「だったらカードを使おうが使わなかろうが、来月詰むか、さ来月に詰むかだけの違いだよ。今なら十万円だけだから立て直せるけど、来月まで持ち越したら倍になって、いずれ親に泣きつくことになる。それが嫌なら傷が浅いうちに、つましい生活に慣れるしかないよ」

「つましい生活……って、一か月一万円生活とか、そういうやつ？」

「そう。そういうやつ」

あすみは黙った。

もしかしたら自分は、自分が思っているよりも切羽詰まっているのだろうか。

仁子がここまで言うからにはけっこうヤバイのだろうか。実感がわかない。

あすみは退職記念に買ったブルーの革のショルダーバッグを持っている。理空也がかわいいと言ったブラウンのワンピースを着て、定番の七センチヒールのパンプスを履いている。マスカラがないので化粧はいまひとつ決まらなかったが、髪は久しぶりに仁子に会うのでラフな感じにまとめてきた。仁子だって似たようなものである。

天井に天使の絵の描かれたカフェで、ふたりで優雅にティーカップを傾けながら、来月に詰むとか言われても説得力がない。

「あすみ、家賃いくらだっけ。管理費込みで」

沈黙を破るようにして、仁子が尋ねた。

「――九万二千円」

「微妙な額だけど、その程度でよかったね。キャッシングした十万円、手をつけずに次の家賃にまわしなよ。で、手持ちの五千円で米を買う。コシヒカリじゃないよ、五キロくらいで、いちばん安いやつ。残りでキャベツともやしと卵を買って、一か月もたせる」

「キャベツともやしと卵……」

あすみは震えた。

何かの呪いの言葉のようである。東京ミッドタウン日比谷のウイークエンドランチとか、ボッテガヴェネタのチェスタバッグとか、フォションのティーカップとローズマリーティーとか、伊東屋のモンブランの万年筆とか、そういう言葉と対極にあるものだ。

「栄養とらないと体壊すからね。日給もらえるバイトみつけて、収入あったら小遣い一万円抜いて、残りは次の家賃と光熱費、キャッシング返済分に全部まわす。買うのは食料とトイレットペーパーのみ。三か月我慢したら、失業保険か再就職手当が入ってくるから息つけるでしょ」

「でも……さすがに、カードなしっていうのは……」

「電気ガス水道使えて、米があればなんとかなる。日本人は米よ。家計簿つけてみればわかるよ。毎日、買ったものと財布の中の残高を書き出すの。あたしなんて今でもやってる。しばらく書いていれば、自分がいままでいかに恵まれていたか、わかるようになるわよ」

仁子は手帳の三つ目の行に、家計簿をつける、と書いた。

仁子が家計簿をつけているとは知らなかった。フリーになる前もなってからも、仁子がお金に困っているとは一回も思ったことがなかった。

「ええと……。あの、アイス買ったらダメかな。昨日、コンビニでおいしそうなの見つけたんだけど。あとマスカラと」

「マスカラは論外。アイスを買うお金があったら豆腐を買え」

仁子はぴしゃりと言った。

手帳のページをぴっと破り、あすみに差し出す。

「まずはこの三つ。やってみて、それでも暮らせなかったらもう一回相談して。あ、あたし、もうすぐタイに行くんで、しばらくスマホつながりにくいと思うけど」

「そうなんだ……」

あすみは言った。

仁子の毒舌には落ち込むが、いなくなるのは心細い。仁子は言いたいことを言って満足したらしい。最後の紅茶を飲み干すとバッグに手帳をしまい、伝票を引き寄せた。

「今日はここまでね。買い物につきあってもらいたかったんだけど、余計な刺激を与えそうだからやめとくわ。なんだか呆れすぎて疲れちゃったよ」

「え！　もうちょっと話きいてくれてもいいのに」

「気持ちはわかるけどね。いやわからないな。さっぱりわからない。めそめそする暇があるならハロワ行きなさいよ。どっちみち就活はしなきゃならないんだから。——すみません、精算お願いします。別々で。あたしはダージリンとスコーン、こっちはアールグレイとチーズケーキ」

おしゃれなカフェだけあって、精算はテーブルチャージである。仁子はさっさとウエイトレスを呼んだ。

あすみは慌てて冷めた紅茶を飲んだ。

財布を取り出す。プラダの長財布に入っているのは、十万五千円と少し。一万円札は今日、キャッシングしたばかりの新札である。

チーズケーキと紅茶はセットで千円。アールグレイだけなら七百円だったのに、切れ端のようなチーズケーキを頼んでしまったことをあすみは本気で悔やんだ。おいしかったが。

「ここ払っとくからって言ってくれないの?」

無駄だと思うが言ってみると、仁子は露骨に嫌な顔をした。

「悪いけど、そういうことやってたらきりがないから。あたしが出したお金でカップラーメンやアイス買ってほしくないし」

「カップラーメン、おいしいよ。なんでいけないのよ」

「おいしいわよ。便利でおいしくて、考えなくてすむから癖になる。でもお金がないなら袋ラーメンに野菜とお肉入れて、自分のドンブリで食べて、洗い物までやるべきなのよ」

仁子はお釣りを財布にしまいながら、やけにきっぱりと断言した。

——というわけで。

あすみは失業手続きの書類の入ったトートバッグを肩にかけ、駅からの道をとぼとぼと歩いていた。

ハローワークの手続きは難しくはなかった。しかし惨めだった。そこにいるのは当然ながら失業者ばかりだし、同年代の女性を見ると、結婚して会社を辞めたんだなと思った。だから来たくなかったのだ。

もしも結婚していたら、同じ場所へ来るのでもこんなに惨めな気持ちにはならなかったのに違いない。

職員から手取り十五万円の事務職員の仕事があるから紹介しましょうと言われたが断った。

十五万円とか本気か。それでは家賃と光熱費とスマホ代と、化粧品をひとつかふたつ買ったらなくなってしまうではないか。

給料が二十五万円だったときでさえ、実家暮らしの同僚たちと差がついて、悔しい思いをしていたというのに。

二十五万円は最低ラインである。勤めるなら残業なし、ボーナスあり、家賃補助あり、有給休暇を好きにとれて、オフィスが綺麗で、丸の内にあって、人間関係がよくて、責任はないけどやりがいがある会社がいい。

この一か月、理空也の行方を捜すのにかかりきりで、自分の身の振り方を考える余裕もなかった。しかし、そろそろ考えなくてはならない。

しばらくゆっくりするつもりだったのに、最後の給料と退職金が少なかったことと、カードの引き落とし額が大きかったことは予定外だった。

カフェにも寄らずまっすぐに帰り、疲れたので駅からタクシーを使いたかったが我慢した。

銀座から五十分。都下の住宅地にあるマンションは、築浅で広い代わり、駅から二十分歩く。

もっといいマンションはたくさんあったのに、理空也はここのカウンターつきのシステムキッチンが気に入ったと言い張って譲らなかった。通勤に時間がかかるのは負担だったが、早く同棲したかったし、どうせすぐにタワーマンションを買うんだからと決めてしまった。

今になるとギリギリ払える額でよかった。理空也のおかげである。

ふたりで暮らしていた短い間、早く車を買おう、やっぱりドイツ車がいいねと言いながら、理空也とよくタクシーで帰ったものだ。

「次は、キャベツともやしと卵か……」

いつも駅ビルのスーパーで買い物をするが、歩いて帰るとなると重いので、家の近くの小さなスーパーへ行くことにした。

五キロの米を持ち上げてみたが、重くて家まで持って帰れそうにない。五センチヒールのパンプスでここまで歩いてきただけで足が痛いのである。

天井まで箱が積み上げられた狭いスーパーで、どちらのもやしにするべきか真剣に見比べていたら、涙が出てきそうになった。

何やってんだろ、あたし。

呪いの言葉なんて気にしなくてもいいじゃないか、財布の中にはカードもあるし、現金だって十万四千円ある。それ使ってカフェでフルーツパフェでも食べて、タクシー乗って、マスカラでもアイスでもカップラーメンでも買っちゃえばいいじゃないか。

だがそうすると家賃が払えない。今はよくても来月に詰む。

なぜだろう。さっぱりわからない。ほんの一か月前まで、好きなものを食べ、欲しいバッグや靴を買っていたのに。家賃よりも高いバッグだっていくつも持っているのに。

あすみはまだ片付けの終わっていないクロゼットと、空っぽの冷蔵庫を思い出す。

米はまだ少しあるはずだ。キッチンの担当は理空也で、魔法のように食材を使って料理をしていたのを覚えている。パスタやらパエリアやらパンケーキやら、おしゃれな料理をささっと作ってくれた。

あのパスタの残りはどこへ行ったのだろう。

キャベツともやしと卵、インスタントラーメンの五袋パック、トイレットペーパーを持ってレジに並んでいたら、カゴに山のように食料を積み上げた前の人が、カードで支払っていた。

このスーパーはカードが使える……。

胸がドキドキした。

自分の番がやってくる前に、あすみは財布を開く。

長財布の隙間には折りたたんだ紙が入っている。仁子の手帳から破りとった一ページである。開くと、力強いボールペンの文字が目に飛び込んできた。

1　ハロワへ行く
2　カードを折る
3　家計簿をつける

しかし今、現金を使うのはためらわれる。こういう状況だったら、誰もがそう思うのではなかろうか。

とりあえず今日は、1を達成したわけだし。

「九百二十四円です」

「これで」

無愛想なレジの女性は、何も言わずにカードを機械に通した。

どうせカードで払うなら、アイスとマスカラも買っておくんだったと後悔した。

スマホが鳴っている。

あすみはキッチンのシンクの下からごそごそと這い出し、急いでスマホを確認した。メールの送信元には、株式会社クロスキャリアと書いてあった。

心当たりがないので少し考え、登録した派遣会社だということに思い当たって肩を落とした。理空也でないことは着信音でわかっていたが、番号を変えて送ってきたのかと期待したのである。

派遣会社に登録したのは仁子と会う前のアリバイ作りである。何もしてないと言ったらさすがに怒られるだろうと思い、検索して目についた女性専用の派遣会社になんとなくエントリーしてみたのだ。

他からはLINEもメールも来ない。少し前まではあったのだが、とうとう途切れた。

会社の上司に、もしも必要なら仕事に復帰できますと送ってみたら、上司からは、ありがとう、新人の女性も最近慣れてきたので大丈夫、と返事が来た。アルバイトでもいいですよ？　と三日前に送り、そのまた返事はまだ来ない。

同僚に、ちょっと予定外に大変なことがあって、話を聞いてもらいたいと送ったら、こっちこそ大変だよ、ゆっくりと家のことに専念できるなんて羨ましい境遇だよ！

と、迂遠な断りのLINEが来た。

もっとつきあいの浅い友達、顔見知り程度の同級生や、合コンで知り合った女友達からの、今何やってる？　会おう、遊びに行こうというLINEには、結婚が延期になりそうと書くだけで返事がこなくなった。彼女たちはもとより不幸なことは大嫌いで、幸福な人としか会わない人たちである。鼻がきくというか、不穏な匂いがしたらすぐにかぎつけて近寄らないようにする。

地方出身でひとり暮らしをしているあすみは、東京出身の彼女たちとはどうしても相容れない部分がある。

誰から聞いたのか、何かの飲み会で意気投合した男性から、あからさまな遊ぼうぜメールが来たりしたが、気乗りするわけがない。

結局、まともに相手をしてくれたのは仁子だけということになる。

仁子は、同級生でも同僚でも合コンで出会ったのでもない。学生時代に、旅先でたまたま一緒になってからの腐れ縁だ。

あすみはスマホを横に置いたままキッチンにぺたんと座り、奥に眠っていた段ボールを引きずり出す。

理空也はシンク下に段ボールをひとつ隠していた。乾物や缶詰の食料入れにしていたようだ。

隠すことなどないのに理空也の見栄かもしれないと思うと悲しくなる。バイトとはいえバーテンだけあって、舞台裏を見せることを嫌う男だった。

箱には意外ときっちりと、缶詰や細かい乾物が入っている。

小麦粉、パン粉、パスタ、パスタソース、ホールトマト、ツナ缶、アンチョビ缶、鷹の爪、海苔、花鰹、塩こんぶ、オリーブ、ドライフルーツのミックス、コーンフレーク、製菓用チョコレート、粉砂糖、ベーキングパウダー。

冷蔵庫も何もないと思っていたが、奥まで調べると、チーズとバターと海苔の佃煮と食べるラー油があった。液ものは牛乳とワインとウイスキー、わけのわからないお酒の瓶。ひととおりの調味料、タイムだのコリアンダーだの、香辛料の類だけはやたらたくさんある。

香辛料は役にたたないが、おかずになりそうなものが思っていたよりもある。その他に、今日買ったキャベツともやしと卵とインスタントラーメン。これに米があれば、食事はなんとかなりそうである。

米はプラスティックの米びつに少し残っていたが、何食か食べたらすぐになくなる。これまでは食べたいときに少しずつ買っていたのである。

スーパーで持った五キロの米の重みを思い出した。

あれを徒歩で運ぶには、パンプスでは無理だ。

ということは、スニーカーを買わなくてはならない。

あすみはスマホで通販サイトを開き、スニーカーを検索した。カード番号は登録済みである。

ピンクかブルーがかわいいと思うが、汎用性を考えたら白か黒である。いや黒は夏には暑苦しい、白は汚れる。やっぱりブルーが一番だ。

予定外だけど仕方ないよね。スニーカーがないとお米が買えないんだから。節約中なのでなるべく安く、ノーブランドのものを探すあたしって偉い、などと思いつつ、ボタンをクリックする前にもう一度値段を見て、手がとまった。

頭の中で何かが鳴ったのだ。アラームのようなものが。

千八百円のお米を買うために、二千五百円のスニーカーを買う。これは何かおかしいのではないか……。

いやでも、スニーカーは持っててもいいじゃないか。これからはあまりタクシーにも乗れないんだし。

これは必要で、仕方のないものなのだ。このブルーのスニーカー、スカートにも合いそうでかわいいし。

あれこれと考えていたら、ふいに頭に浮かぶものがあった。

——そういえば昔、ランニングを始めようとしたときに、スポーツメーカーのランニングシューズを買ったような……。

あのランニングシューズは白と赤だった、合うスカートを買ったので覚えている。

あすみはキッチンをそのままにして立ち上がった。

寝室のクロゼットを開け、床に直置きしたプラスティックの衣装ケースを引っ張り出す。引っ越しの際に詰め込んで、そのままクロゼットに押し込んだケースである。

中には雑多なものが詰まっている。一回も使わなかったヨガマットやら、どこかからもらったタオルやら、結婚式の引き出物のフォトスタンドやら、あちこちのデパートとブランドショップの紙袋やら。理空也のキッチンの箱に比べると格段にごちゃごちゃとした箱である。

スニーカーを探したが入っていなかった。引っ越しのときに捨てたものの中に入っていたのかもしれない。

あすみは散らかったクロゼットの前でため息をつき、スマホを手にとる。

ショッピングサイトでもう一度スニーカーを検索しようとして、ふと思いつき、米、と打ち込んでみた。

米はショッピングサイトで売っていた。

通販で買えば運ぶ必要がなくなる。なぜもっと早く思いつかなかったのだろう。全体的に高めのようだが、スニーカーの出費を抑えられるのだから結果として節約である。

銘柄もたくさんあった。魚沼産コシヒカリか、山形のはえぬきか、あきたこまちかで迷い、一番安くてパッケージがかわいいあきたこまちをクリックした。三日くらい後に届くらしい。

「ふー……」

これで米は五キロ確保。それまでパスタとラーメンでつなごう。

仁子と会ったあとで現金を使ったのは、ハローワークに出すために撮った証明写真だけである。財布にあるのは三千五百円。

やはりカード最強と思いながらクロゼットに出したものをしまっていたら、クロゼットの奥のすみに大きな紙袋があるのに気づいた。

開けてみると登山用Tシャツとトレッキングシューズとリュックサックが入っている。少し前、トレッキングをやろうと思って買って、そのままになっていたやつだ。

あすみはトレッキングシューズを取り出した。

値札がついている。新品だった。片付けをそっちのけにして履いてみる。スニーカーほど履きやすくはないが、自分が選んだだけあっておしゃれで、街でも履けそうだ。

足首まである紐靴（ひもぐつ）で、新しいからつやつやしている。色は上品なチョコレート色。

ゴツいがブーツの代わりになる。この一か月、ほとんど身につけるものを買っていなかったので、シューズひとつで小躍りしたい気分になった。

これならたくさん歩ける。明日、これを履いて出かけよう。確かまだ、何かやることがあったはず。

あすみは財布からメモを取り出した。

仁子メモの三つ目は、家計簿をつける、だ。

家計簿をつけるためには、家計簿を買わなくてはならない。

アプリもあるけど最初だし、手書きのほうがいいよね。モンブランの万年筆もあることだし。明日、伊東屋へ行こう。

使わない小物が散乱した部屋の中で、あすみはウキウキと財布を握りしめる。これは仁子も反対はすまい。堂々と言える。家計簿は必要。仕方のない出費なのである。

あすみはこまごましたものの売り場が好きである。カラフルな小物を見てまわって、珍しいもの、かわいいものを探したい。化粧品も、化粧品そのものよりもパッケージがかわいいものが好きだ。

今はそれを、かわいいよね、面白いよねと言い合う相手もいないわけだが……。

あすみは二度目のハローワークからの帰り道、一回目と同じくらい打ちのめされた気分で歩いていた。

ハローワークの職員に希望を伝えたら、そういう求人はないようですと言われた。それでも妥協して事務職の求人を出した会社に電話をかけてもらったら、もう決まったのでと目の前で断られた。ここはいいですよとすすめられたのは前と同じ、十五万円の事務職員だった。

断られたことよりも、職員の同情するような、幼稚園児に対するような、わかりやすく優しい態度がこたえた。呆れられたりバカにされたりしたほうがまだマシである。あすみと同年代の女性職員だったが、こういうときは相手によって職員の年齢性別を替えるべきではなかろうか。

家計簿も買っていない。新しいトレッキングシューズを履いて、いさんで銀座へ行ったものの、家計簿は意外と高かった。そして書く欄が多すぎてよくわからなかった。あすみはもともと経理は苦手なのである。

大好きなカラフルな小物たちは、買おうと思えばいつでも買えるから愛(いと)おしいのだった。買えないとなると切ない。これは片思いなのだと思い知る。

結局何も買わず、スターバックスでコーヒーを一杯飲んで帰ってきた。それだけでも楽しかったのでいいのだが、スイカには残高があるということを忘れていた。

スイカの残高はあと三千八百円……。最近五千円入れたはずだが、コンビニで買い物をしたのと、通勤定期がなくなったので減りが早い。

　これがなくなったら、あすみはどこにも行けなくなる。

　不幸中の幸いというやつか、トレッキングシューズは魔法の靴のようにどこまでも歩けて疲れなかった。あすみはハローワークまでの距離を確認し、徒歩で往復することにした。

　なにしろ一駅分が百四十円、往復二百八十円。二百八十円といえば、銀座で飲んだスターバックスのコーヒー代とほぼ同じである。あのコーヒーだって店に入るまでに十五分は考えた。簡単に使うわけにはいかない。

　とにかく収入の目途(めど)が立つまでは、今あるもので食いつなぐしかない。時間だけはあるから、手間をかけてなんとかできるものはなんとかしよう。

　いくらカラフルであろうとも、家計簿に千円は出せなかった。スーパーの買い物一回分、スターバックスだったら新作フラペチーノのトールサイズが飲める。今はとにかく支出を書き出せればいい。千円の家計簿を買うのなら、百円ショップでノートを買って、線をひいて自分の必要な項目だけ作れば同じではないか。

　――……ていうか、そうすればいいじゃん、普通に。

　思いついたら拍子抜けした。

あすみは道すがら、百円ショップの店舗を検索した。マンションから少し離れたところに一軒あった。駅と反対方面なので、これまでまったく気づかなかった。

スマホの地図を見ながらせっせと歩いていたら、ＬＩＮＥが入った。

仁子からである。先日のカフェで会って以来、連絡が来たのは初めてだった。

この間も言ったけど、あたし、来週タイに行くよ

帰ってくるのは来月の十日になる

着いたら連絡するわ

了解、気をつけてね

みやげ話待ってる

あすみもね

この間きついこと言っちゃったけど、無理しないでね。健康第一で。帰ったら会おうね

仁子はひとりで海外旅行に行くときは必ずあすみに連絡してくる。旅行中もメールをする。安否の報告も兼ねていると思うが、日本にいるときよりもまめである。

仁子は人を頼ることはないのだが、あすみのことを少しは必要としているようである。合コン要員でも遊び仲間でも幸せ要員でもないのに、なぜなのかわからない。

立ち止まったままLINEを打っていたら、どこからかいい香りが漂ってくるのに気づいた。

百円ショップと三軒ほど離れた建物である。一階がパン屋になっているようだ。何かが焼き上がった時間らしく、ガラス張りのドアが開くたびに、小麦粉の焼ける香ばしい匂いがする。

あすみは店に近寄った。

ウインドウの向こうで店員が、トレイに載せたたくさんのパンを運んでいる。パンだけではなくて、チョコレートドーナツやアップルパイ、フルーツのタルトもあるようだ。

フルーツなんて節約を始めてから一回も食べていない。最後に食べたおやつは、例の切れ端のようなチーズケーキである。

働いていたときの朝食は、パンとコーヒーが定番だった。理空也がいるときは、ドライフルーツとヨーグルトをかけたコーンフレークもよく食べた。

今は三食、お米、ラーメン、パスタのローテーション。

今日の朝食は、ハローワークに行くからと贅沢に、卵かけごはんに食べるラー油をかけたものだった。帰ったらキャベツとツナのチャーハンを作って、昼と夜に分けて食べる予定である。

あすみはふらふらとパン屋の中に入った。

間口よりも奥に広いパン屋だった。香りは壁際に置かれたばかりのスコーンから漂ってくる。

スコーンはプレーン、紅茶、チョコレート入りの三種類。少し小ぶりだが焼きたてらしく、見るからにおいしそうである。

そういえば仁子はスコーンが好きだった。二年ほど前にイギリスに行ってからはまって、あちこちで食べ歩いている。先日待ち合わせたカフェも、スコーンがおいしいと評判の店だった。

仁子にスコーンをあげたら喜ぶよね……。

仁子はもうすぐ海外へ行く。仁子がひとり旅に使うのは格安航空会社だから、ひょっとしたら食事も出ないかもしれない。いつも世話になっているし、餞別にあげてもいいのではないだろうか。

あすみはトレイとトングを持ち、スコーンの棚に近寄った。近くに三角巾を頭につけた女性店員がいて、マフィンを丁寧に並べている。あすみは思い切って声をかけた。

「あの、このお店って、カード使えますか」

女性店員が申し訳なさそうな表情になる。

「うちはちょっと、使えないんです。すみません」

「そうですよね」

あすみは言った。聞いてしまった自分のほうが申し訳ない。

トングとトレイを返すタイミングをうかがっているうちに、女性がレジに入ってスタンバイしてしまった。ここで店を出るなんてできっこない。

あすみは迷った末、プレーンのスコーンをひとつとった。

いいじゃないか、仁子が好きなんだから。ネットの節約サイトにも、交際費はケチってはいけないと書いてあった。ここで味を見て、おいしかったらそのうち仁子に持っていってあげればいい。

だからこれは必要経費。仕方のない出費だ。

そう考えたら気が楽になった。あすみはトレイの上にもうひとつ、チョコレートのスコーンを載せた。

スコーンは嚙みしめるほどにおいしかった。おいしすぎて少し後悔するほどに。

紅茶の用意をしているうちに、我慢できなくてチョコレートのスコーンを口にしてしまった。お湯が沸くまで一口だけと思ったのに、沸くのが遅くて半分くらいなくなった。最後には、なんでもっと早く沸かないんだと湯沸かしポットを恨んだ。

熱い紅茶を飲みながら、残りの半分を思いついてオーブンレンジで焼いてみた。おいしかった。紅茶はまだポット一杯余っていた。プレーンのほうも食べたくなり、あっという間にふたつ食べてしまった。

……あたし、なんのためにスコーン買ったんだっけ。

なにやらどうしても必要だと思った記憶はあるのだが、なにやらの部分が思い出せない。もっと早くお湯が沸きさえすれば食べずに済んだのに。これは全部湯沸かしポットが悪い。

しかし幸せだった。おいしいものを食べるのがこんなに幸せだとは。

あすみはしみじみと紅茶の残りを飲みながら、キッチンを眺める。

今夜はキャベツとツナのチャーハンの予定だが、もっと工夫をしておいしくできないかなと思う。節約には慣れてきたが、同じメニューばかりでは飽きる。

残りの食材のことを考えていたら、はっとした。

あすみは紅茶を残したまま立ち上がり、キッチンのシンクの下の扉を開けた。

理空也ボックスに手をつっこみ、小麦粉の袋を取り出す。封を切ったばかりらしく、中身はたっぷりある。それからベーキングパウダー。卵と牛乳とバターはまだあったし、砂糖も調味料入れに入っている。オーブンレンジは買ったばかり、しかも最新型だ。

スコーン　作り方　簡単

あすみはキッチンの床にぺったりと座り込み、スマホで検索を始めた。


「仁子！　久しぶり――……って、そんなに久しぶりでもないか」

「そうだね、あすみが見送りに来てくれるなんて思わなかったよ」

仁子はあはは、と笑った。

羽田空港の国際線ターミナルである。

仁子はデニムパンツとシャツ、スニーカー、黒のリュックサックという格好である。首にはゆるくストールを巻き、手にはタイ行きのチケットを握っている。旅行に出かける前の仁子はいつも、何かを吹っ切ったかのように晴れ晴れとしている。

「最近は家のまわりしか外出してないから、たまには遠くに行きたかったんだよ。なんたって時間だけはあるからね」

あすみは言った。

空港は好きである。広々として清潔だし、特に羽田空港は近未来とオリエンタルな雰囲気が融合していて美しい。いろいろな人がいて、歩くだけでも新鮮な気分だ。

あすみはロングスカートにトレッキングシューズである。最近はこればかりだ。久しぶりの近所以外の外出なのでパンプスを履こうかなと思ったが、駅からマンションまでの距離を考えるとためらわれた。帰りにキャベツを買って帰らなくてはならないのである。

「これ、お餞別。スコーンなんだけど、よかったら飛行機の中で食べて」

搭乗ゲートに入る前に、あすみは仁子に小さな紙袋を渡した。

仁子が眉をひそめた。紙袋は百貨店の有名なチェック模様である。

「あ、買ったんじゃないから。袋は立派だけど、中はあたしが手作りしたやつだから」

仁子の表情が険しくなる前に、あすみは慌てて言った。

「手作り?」

「ちょっとスコーン食べてみたくなっちゃって。小麦粉とチョコレートが余ってたから、家で焼いたのよ」

あすみは紙袋を開け、スコーンの入ったジップロックを少し出してみせた。

「味はまあまあだと思うよ。プレーンとチョコレートとドライフルーツ入りの三種類。焼いたのは昨日の夜だけど、乾燥しないように、ひとつずつラップかけてある」

パン屋のスコーンを食べた次の日、あすみは自家製スコーンを作った。

ネットの動画を真似(まね)て生地をこねて焼いたら思いのほか面白かった。おいしくできたので、たくさん作って冷凍した。昨日は牛乳を買い足して、さらにアレンジを加え、三種類のスコーンを焼いてみたのである。

「あすみ、お菓子作りなんてする人だったの？」

仁子はあすみが会社を辞めたと言ったときよりも驚いている。

「しないしない。でもやってみたらできるもんだね。我ながらびっくりしたわ」

「こっちこそびっくりだよ。もしかして節約生活してるの？」

「めちゃくちゃ頑張ってるよ。ハロワにも行った。やっぱり厳しいね、このご時世」

あすみは適当に答えた。

「カード折った？　家計簿つけてる？」

「折った折った。家計簿も買った」

「そうなんだ。いやーごめん、あすみを信じてなかったわ。てっきり家賃使い込んでると思ってた」

　仁子に感心されることもなかなかない。

　キャッシングした十万円は光熱費と次の家賃用に銀行口座に入れて、手をつけていない。手持ちの現金は節約して使っている。ハローワークには行った。行っただけだけれども。カードはまだ財布に入っているが、最低限しか使っていないので折ったようなものである。家計簿をつけてはいないが、百円ショップのノートは買ってある。だから嘘はついていない。七割くらいは本当である。

　仁子は少し安心したようだった。スコーンの紙袋をリュックサックの中にしまい、リュックサックのポケットから封筒を取り出した。

「これ、バイト代。十万円入ってる」

　封筒をあすみに差し出しながら、仁子は言った。

「バイト代？」

「去年の台湾と、北海道の。よく考えたら、あすみには台湾に一緒に来てもらって助かったんだよね。あすみが撮った写真を使わせてもらったのに、まだ使用料払ってなかった。だから今払うよ。好きなように使って」

　あすみは仁子を見つめた。

「いや……でもあの……。あたし、仁子がいいって言うのに無理やりついていったわけだし……。道迷ったり、マッサージの途中で寝ちゃったり、途中でお腹が痛くなって迷惑かけちゃったりして」

「何よ、要らないの。要らないなら無理にとは言わないけど」

「要るわよ！」

あすみは慌てて手をのばし、封筒をもぎ取った。

封筒の口から一万円札が見えると、力が抜けそうになった。キャッシングしたお金を銀行に預けに行って以来の再会だ。拝みたくなる。

「ありがとう、すごく助かる。仁子。お金入ったら返すわ」

「返さなくていいよ。バイト代だって言ったでしょ。あたし借金嫌いだから。あ、あとこれあげる。昨日、自分のもの買うついでにドラッグストアで買ったの。あすみにとっては安物だろうけど」

これまでにないくらい心をこめて言ったのに、仁子はそっけなかった。ついでのようにリュックのポケットから黄色いビニール袋を取り出し、あすみに渡す。

「手作りスコーンありがと。楽しみ。飛行機の中で食べるね。じゃあね、向こうに着いたら連絡する」

「うん、待ってるよ」

あすみは言った。

仁子が手荷物検査の列に吸い込まれていき、難なくパスして向こう側に消える。

あすみは封を開け、中を確認した。一万円札が十枚ある。仁子は嘘をつかない。

胸が熱くなった。寿命が延びた。今日はキャベツと卵のほかにアイスを買おうと思った。

一緒に渡されたドラッグストアのビニール袋には、平たくパッケージングされた小物が入っている。

取り出すと、新品のマスカラだった。

カラフルなイラストのついた紙のパッケージは、見るからにわかるドラッグストアコスメである。色は、あすみがいつも使っているダークブラウン。

あすみはまじまじと手のひらの上のマスカラを見た。

うろたえて手荷物検査の場所に目をやったが、仁子はとっくにいなくなっている。

どこからかゆっくりと、飛行機が飛びたつ音が聞こえてきた。

帰りにデパートのカードカウンターに寄って、キャッシングしたお金を返済した。

せっかくなので何か買おうと思ってデパ地下へ行ってみたが、財布にあるお金が変わらないので、いまひとつぴんとこなかった。十万円も収入があったのに、これでいいのだろうか。

いつものスーパーでキャベツと卵とブロッコリーと鶏の胸肉と豆腐を買い、マンションまで歩いて帰ると、ポストに宅配便の封筒が入っていた。

中身はマスカラである。

見なくてもわかる。仁子の見送りに行くと決めたあと、化粧品のショッピングサイトで買った。いくらなんでもマスカラなしで羽田空港の国際線ターミナルへ行くのは恥ずかしい。仕方がない、必要だと思ったのである。

届くのが遅れたので間に合わず、結局、使わずに行くことになったわけだが。

間に合わなくてよかった。危ないところだった。

あすみはテーブルの上に二本のマスカラを並べた。化粧品ブランドの金色の箱に比べ、仁子にもらったドラッグストアのマスカラのパッケージは少し安っぽい。しかし両方とも可愛い。

食料を冷蔵庫にしまい、お湯が沸くのを待っている間に、あすみはキッチンのカウンターに置いてあるノートを取った。

百円ショップで買った、何の変哲もないB5のノートである。

カウンターのペン立てに万年筆があるのが目に入る。

あすみは万年筆をとり、ノートの表紙に大きく『家計簿』と書いた。

それからスマホを手にとった。

まだお湯は沸かなかった。早く沸いてくれと祈るように思いながら、使い慣れたショッピングサイトを開く。

しばらく買い物履歴のあたりをうろうろしたあと、あすみは登録してあったカード情報を消去した。

ログアウトし、パスワードも消去する。

ひとつを消すとほかのものに入っているのも不自然に思えた。あまり使わないが入会していたサイトがいくつかあったことを思い出し、そこのカード情報も消去する。

思いつく限りのカード情報をすべて消すと、財布からカードを取り出した。

目を閉じ、両手で、カードを折る。

お湯はまだ沸かない。なぜだろう、遅すぎる。

プラスティックのカードは思いのほか固かった。力まかせに折り曲げたのに、もとの形に戻ろうとする。

泣きたい気持ちでペン立てからハサミを取る。

あすみはカードにハサミを入れた。バチン、バチンと固いプラスティックを切り落としていると、泣きたいのだか、せいせいしているのだかわからなくなった。

まだカード会員なので引き落とし明細は届くし、再発行もできるだろうが。ひとまずすぐに使うことはできなくなったわけである。

後悔するだろうか。――しそうである。あすみはいつも後悔ばかりしている。

破片をティッシュに包んでゴミ箱に捨てていると、やっとお湯が沸いた。遅すぎるんだよ、もう間に合わない、カード捨てちゃったじゃないか――と湯沸かしポットに向かって毒づきながら、スマホに向き直る。

メールアプリを開くと、ショッピングサイトとネイルサロンとインテリアショップのメールに混じって、最近登録したばかりの派遣会社のものが届いていた。

藤本あすみ様
ご希望通り、今すぐ短期でご紹介できるお仕事があります。
面接のご都合はいかがでしょうか。よろしければ下記のサイトよりご予約ください。
株式会社クロスキャリア

これで二通目。やけに熱心だ。会社を辞めて以来、こんなふうに強く求められたのは初めてだと思う。

メールの末尾には仕事情報のアドレスが貼ってあった。あすみが適当につけた条件に合う仕事があるようである。丸の内、時給千四百円、事務職、週払い。

時給千四百円……。

あすみはメールの末尾にあったサイトを開いた。

勢いで予約をして、ふー、と大きく息をつく。

何もしていないのに大仕事を終えた気持ちである。これで仁子メモの達成率が七割から九割くらいまでに上がったのではなかろうか。

お茶の用意をしていたら、冷蔵庫にスコーンの余りがあったことを思い出した。チョコレート入りとドライフルーツ入りが一個ずつ。冷凍しておくつもりだったが、おやつに食べよう。熱い紅茶と一緒に。

こんな日は少しくらい、自分にご褒美をあげてもいいだろう。自分へのご褒美。あすみの大好きな言葉である。

スコーンを作ってよかったとあすみは思った。シンク下の食料と、トレッキングシューズを見つけてよかった。頑張って歩いて帰ってよかった。百円ショップに寄ってよかった。仁子がいてよかった。

次にスーパーに行くとき、小麦粉が安かったら買っておこうと思う。当分、チョコレート入りは作れないけれども。

あすみ、元気なの？

あれからお相手の方とはどうなったの？

お父さんも心配しているので、連絡をください。

お母さん

いろいろあったけど、ちゃんと元気にやってるよ
わたしは大丈夫。心配しないで。落ち着いたら報告するよ

あすみは紺色のスーツとパンプスに身を包み、マンションのエントランスに立った。

就職面接用の服装なんて久しぶりである。

前職は内勤の事務職だったので、きれいめでカジュアルな服が定番だった。クロゼットを調べたらジャケットとスカートのセットアップがあったので、スーツとして着ることにした。

伝線しないようにストッキングを丁寧に穿き、伸びかけた髪はバレッタできっちりとまとめた。アクセサリーは小さいピアスとネックレスだけにした。

革のショルダーバッグの中には、履歴書とマスカラと折りたたみの傘。

履歴書は百円ショップで買って書いた。写真はハローワークに出す用に撮った残り

である。母親とはあっさりとLINEのやりとりが再開したが、ついにモンブランの万年筆が役に立つときが来た。

マスカラは仁子にもらったものを使った。聞いたことのないメーカーのものだが、発色もよくて満足している。ショッピングサイトで買ったマスカラは、封を切らずに引き出しの中で眠っている。

マンションの外に出ると、あすみは空を見上げた。

今日は曇りである。雨になるかもしれない。傘が入っているせいでショルダーバッグはパンパンだが、面接にふさわしい地味なバッグがこれ以外にどうしても見当たらなかった。少しずつ整理して詰めて、すべてが入ったときはほっとした。

しばらくトレッキングシューズを履いていたせいか、ヒールのある靴は歩きにくい。スーツが濡れたらクリーニング代もかかることだし、雨が降ったら帰りはタクシーに乗るしかあるまい。

それくらいいいよね。あたしも最近は頑張っているんだし。仕事だって決まるかもしれないんだから、少しくらい贅沢しても。

久しぶりにタクシーに乗れると思うとウキウキした。あすみは慣れないパンプスで駅までの道を急ぎ、帰りに雨が降りますようにとひそかに祈った。

収入

退職金　約500000円

キャッシング　100000円

仁子からのバイト代　100000円

支出

家賃　92000円

ケーキセット　1000円

証明写真（ハロワ用）　800円

コーヒー代　290円

家計簿　100円

スコーン（2個）　360円

履歴書　100円

その他　不明

◎通帳残高◎

通帳残高－（家賃＋光熱費＋カード引き落とし）（しにゃー）

＝428円！

1　ハロワへ行く

2　カードを折る

3　家計簿をつける

2
決めたい女と決めない女

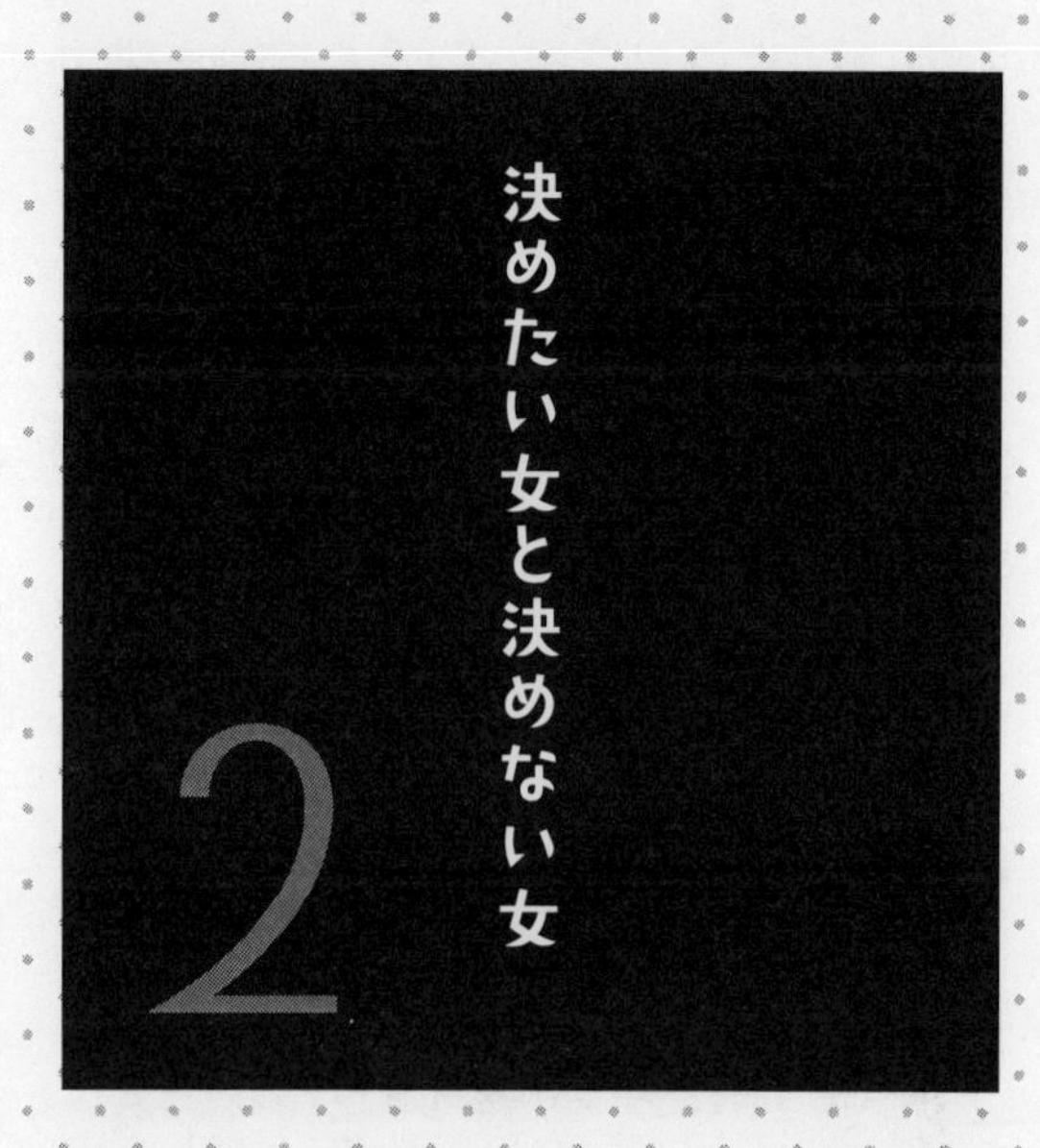

「アメリアシャンプーです。サンプルお配りしていまーす。よろしくお願いします！」

駅前の雑踏の中に、声が響いている。

休日の朝八時である。声を出しているのはミルキー——あすみから数メートル離れた場所にいる、小柄でショートヘアの女性である。あすみと同じ青のジャンパーに青い帽子、ぴったりとしたデニムを穿いている。

ミルキーという名前は、三十分前——朝七時半に、最初に集合したときに聞いた。

指定された集合場所、近くのスーパーの裏口に集まっていたのは、あすみを含め四人だった。全員女性だ。ちらちらと様子をうかがいながら待っていると白いミニバンが止まり、とりまとめらしい男性がA４の紙を見ながら下りてきた。

「あ、ツカモトアドの担当、塚本です。おはようございます。ええと、ここは四人か。こっちは西口、こっちのふたりは東口ね」

塚本は四人を雑にふたりずつに分けた。プリントを配り、せかせかとミニバンの後部座席へ入っていく。隣にいた主婦らしい女性が慣れた様子で近寄り、ひと抱えほどの段ボールを受け取った。

「西口と東口でふたりずつ。控え室はこのスーパーの職員用の部屋です。話つけてあるから、貴重品はロッカーに入れて、トイレとお弁当もここでね。面倒でもサンプル放ってどこかに行かないでくださいね。

初めての人いる？　えーと、藤本あすみさん。ジャンパーMサイズでいいよね。別に難しくないから。これ着て、アメリアシャンプーですって言いながらサンプル配るだけだから。詳しくはここに書いてあるけど、わからないことはほかの人に聞いてください。二時に撤収、二時半までにまた来ます。お弁当は控え室に届くから、十時四十五分から三十分ずつ、交互に食べてね。質問ある？　何かあったらそこの番号に電話してください。じゃあね、よろしくお願いします」

塚本は四人にひとつずつダンボールを渡し、その上にガサガサしたジャンパーの袋を置いた。

バンの中には同じダンボールがたくさんあった。きっとほかの場所にも回るのだろう。四人に行き渡ったことを確かめると、塚本はバンを発車させる。

三人はダンボールを抱え、無言で控え室――といってもスーパーのごちゃごちゃしたバックヤードである――へ向かった。あすみは慌てて最後尾に続く。

スーパーの従業員に聞いてもよくわかっていないので、なんとなく使って良さそうなデスクまわりをキープした。コートをすみのコートかけにかけ、ロッカーに貴重品を入れて、ジャンパーのビニール袋を破る。

「――じゃあ、あたし東口行くんで」

ショートヘアの女性がぼそりとあすみに言った。

彼女はもうジャンパーを着ている。ジャンパーの下にペットボトルの水が入ったバッグを斜めがけし、ダンボールを持っている。ほとんど化粧はしていない。朝から髪を巻き、しっかりと化粧してきたあすみとは違う。

残りのふたりも似たようなものだった。ここでいいんですかね、などと小声で話しながらコートを脱ぎ、ジャンパーを羽織っている。白っぽい服でと言われたのであすみはベージュのパンツとスニーカーだが、ふたりはいかにも量販店で買ったというような、ゆるめのパンツである。

「あの——何か、注意事項とか」

あすみはショートヘアの女性に尋ねた。

「そこの紙に書いてあるよ」

「自己紹介とか、いいんですか」

あすみが尋ねると、女性は妙な顔をした。

「なにそれ」

「いちおう……名前とか……」

一日限りとはいえ仕事仲間だと思ったのだが、女性は意味がわからないようだった。

ほかのふたりも同様である。黙々と準備を終え、あすみには目もくれずに外に出て行く。

「ミルキー」

女性はぶっきらぼうに言うとダンボールをゆすりあげ、うんこらせ、とつぶやきながら外へ向かっていった。ジャンパーの下は黒いTシャツとデニムである。白い服指定を無視していることになるが、塚本は何も言わなかった。

あすみはよくわからないままジャンパーを羽織り、遅れて駅の東口に向かった。ジャンパーはクリーニングはしてあるが新品ではなかった。

ミルキーは東口を出てすぐの地面にダンボールを直接置き、しゃがみこんで数を確認している。ジャンパーはSサイズのようだが、それでもブカブカである。

「場所、同じじゃないほうがよくない？　あたしここで配るんで、少し離れたほうがいいよ」

ミルキーは面倒そうに言った。

「あ、はい。そうします」

あすみは一回置いたダンボールをまたもちあげる。それを見て、ミルキーは思いついたように言った。

「初めてなん？」

「藤本あすみです。慣れてなくてすみません」

「別に謝らなくていいけど。あすみさん、あまり急いで配らないほうがいいよ。ここ人通り多いから、二時までになくなっちゃったら、やることなくて困るから」

「なくなったら終わりじゃないんですか」

「それはダメなんだって。上の人が抜き打ちで見回っているみたい。前に、中身を捨ててた人がいるらしくて、何もしてないと怒られるの。都市伝説かもしれないけど」

ミルキーは言った。テンションが低いだけで不機嫌なわけではなさそうだ。年下だろうとは思ったが、どういう人間なのか想像がつかない。

「ここ、けっこういいよ。この間なんてすごい田舎で、人は少ないしトイレは遠いしで最悪だった。それでも日雇いの中じゃマシなほうだけど。あすみさん、ついてると思うよ」

ミルキーはつぶやくように言いながら確認を終え、手にシャンプーのサンプルを持って立ち上がった。

ちょうど電車が止まったところらしく、カジュアルな服装の男性や、キャリーバッグを引いた女性たちが早足で歩いてくる。

「新発売のとろけるシャンプー、アメリアです。サンプルお配りしていまーす！」

ミルキーはさきほどとは違う明るい声で言った。

すかさず女性たちに近づき、手に持ったサンプルで道をふさぐようにする。女性は思わず受け取る。そのときにミルキーの視線は次の女性に移っている。どうやら渡すのにもテクニックがあるらしい。

　あすみはミルキーと少し離れたところに立った。

　プリントに書いてある台詞（せりふ）を何回かつぶやいてみるが、どうしても配る踏ん切りがつかない。

　駅から会社員らしい女性が向かってくる。休日出勤だろうか。グレーのパンツスーツに身を包み、足下はピンヒールのパンプスである。荷物のたくさん入ったショルダーバッグを肩から提げている。

　そのショルダーバッグが、あすみが三か月前に買ったものと同じだということに気づいてはっとした。かわいいね、買っちゃえばと理空也が言ったのだ。

　プリントによると、サンプルを最も渡したい相手は二十代、三十代の女性会社員である。二か月前のあすみだ。次が主婦、次が男性。

「サンライフプロダクトのとろけるシャンプー、アメリアです。新発売です。サンプルお配りしています。よろしくお願いしまーす！」

　あすみは思い切って声を出し、女性にサンプルを差し出した。

　あすみはその夜、パンパンになった足をマッサージしながら家計簿に数字を書いた。

収入、八千円。

塚本は宣言通り二時十五分にやってきた。ジャンパーと帽子と空のダンボールを回収し、領収書に名前を書かせ、引き替えに薄い封筒を渡す。全部配ったんだ、優秀だねと誉められて、これ持っていっていいよとサンプルをひとつかみ渡された。

八千円のうち三千円は帰り際に駅でスイカにチャージした。定期がないので油断するとあっと言うまにスイカが空になってしまう。残りのうち四千円を銀行口座に入れ、千円を当面の食費として財布に入れることにする。

今日の集合場所までは往復千円だった。ということは実質の収入は七千円。

来月の十一日までに必要なのは八万九千百四十円である。

あすみは切なくカレンダーを見上げ、家計簿の間に挟んであったカード明細をとりあげた。十一月十一日引き落としの分である。

モンブランの万年筆が六万五千八百八十円。和紙のレターセットは七百円。スーパーと百貨店が合計三千九百八十四円、米が二千円、マスカラが二千百六十円。スマホ代が二台で一万四千四百十六円。

銀行の通帳にあるのは十万四千四百二十八円。これは今月末に払う家賃と光熱費の分なので手をつけられない。手をつけてしまわないよう、財布から銀行のカードを抜いているくらいだ。

なんであたし、六万六千円の万年筆を買ったんだろう……。

あすみはキッチンのペン入れにたててある万年筆を眺めた。

手にしっくりとおさまって、最高に書き心地がいい万年筆である。いくらでも書ける。これがあるから家計簿が続いているくらいだ。ただし家計簿は百円ショップのノートだが。

あのときは、これは必要な出費だと思ったのだ。

会社員だったときでさえ数万円の何かを買うときは一晩考えたというのに。理空也と暮らしたわずかの間に金遣いが荒くなってしまったようだ。

これを買うためには、シャンプーのサンプルを十日間配らなくてはならない。

早く仕事を決めなければ、とあすみはあらためて思い、スマホを取り出した。

あすみの担当の派遣コーディネーター、矢野(やの)からのメールが来ていたのを思い出したのである。

来たのは昨日の夕方だ。今日がアルバイトの初日だったので、返事をする気になれなかった。

藤本あすみ様

株式会社ウエイブスエアさんより連絡があり、社内見学の日程が決まりました。以下のうち、よろしい日取りをお知らせください。

株式会社クロスキャリア　担当：矢野

派遣の面接に行ったのは数日前である。そのときは、翌日から働いて、一週間後くらいには給料をもらえると思っていた。

しかし現実はそう簡単ではなかった。まず面接、スキルチェック、仕事を選んで企業からＯＫが出て派遣会社と契約、働くのはそのあとなのである。

これがいいと思った週払いの仕事はもう決まっていた。派遣コーディネーターの矢野は、あなたのスキルなら月払いのＯＡ事務ができると言った。

株式会社ウエイブスエア、時給は千七百円。二十日間をフルで働くと、残業をしなくても会社員だったときの月収を超える。

聞いたことのない会社だったので気が進まなかったが、話を聞いているうちに乗り気になり、第一希望として登録した。ただし契約する前に社内見学をしなければならない。環境に不満が出て、契約満了までに辞められたら困るからららしい。矢野は、最近は社内見学をさせたい会社が多いんです、となぜかすまなそうに言った。

あれこれあって働き始めるのは半月後くらい。お給料が出るのは一か月後。

その一か月と半月、つまり十二月までどうやって暮らしていけばいいの。と気づいたのは面接が終わったあとである。いや気づいてはいたのだが、派遣会社のきれいなフロアで矢野の話を聞いているときは、なんとかなると思えてしまっていたのだ。

その時点で手もとには二千円くらいしかなかった。カードがないので通販で買い物もできない。

それでも米がある、十二月には給料が入ってくる。節約を重ねればなんとか……と思っていた矢先、カードの引き落とし明細が届いたのである。

八万九千百四十円。引き落とし日は十一月十一日。

米とマスカラを買ったのは覚えていたが、万年筆のことはすっかり忘れていた。

このまま知らんぷりをしたら、カードの支払いを滞納したらどうなるんだろうと考えたが、放っておく踏ん切りがつかない。

親には頼らないと決め、解約しないまでもカード本体を処分した。毎日卵かけごはんだのキャベツチャーハンだのを食べ、お菓子が食べたければ手作りし、せっせと歩き、派遣会社で面接もした。過去の自分だったら考えられない行動力である。

せっかく頑張っているのに、ここでカードの料金を払わないのは努力を無駄にするような気がする。

仁子は旅行中なので相談することもできず、迷いながらスマホで仕事を探したら、ツカモトアドがひっかかった。

大手メーカーの新製品のPRのお仕事です。当日払い、一日限りでもOK。制服とお弁当支給。二十代の女性歓迎。場所は関東近郊の駅やショッピングモールなど。終了は二時半なので、その後の予定もバッチリ。多くの人と触れあえる仕事です！

大手メーカーのPRの仕事。倉庫整理や工場勤務だったらいかにも日雇いバイトという感じだが、これは華やかである。朝は早いが二時半に終わるのもありがたい。引き落としまで半月。毎日働くとして、単純計算すればカード引き落とし分と当面の生活費くらいの収入になる。

日雇い——なんて言葉はできれば使いたくなかった……。

書いてあったことに嘘はなかった。ランチ時間にスーパーのバックヤードに行ったら宅配の海苔弁当が置かれていたし、誰かが着た青いジャンパーと帽子も、制服といえば制服である。給料は終わったときに八千円、現金でもらえた。

きれいな制服を着て、にっこりと客の案内をする仕事だと思っていたわけではないけれども。

こんなことなら気合いを入れて化粧なんかするんじゃなかった。お気に入りのパンツを着る必要もなかった。次は日焼け止めとパウダーのみで、どうでもいい普段着のパンツにしよう——と決意しながら、あすみは矢野にメールの返事を書く。

株式会社ウエイブスエアの社内見学の候補日は三日。火、水、木とあったので、木曜日にした。火曜日は近すぎるし、水曜日はスーパーで卵の特売がある。

見学をすませて働き始めるのは半月くらい先。もちろん見学してダメだったら断るが、この際ぜいたくは言わないと決めている。

半月といえばカードの引き落とし日の周辺である。

それまでバイトをしてお金を貯めよう。

家賃と光熱費は仁子のおかげでなんとかなった。次はカードの支払いを乗り越えよう。

その後はどうするのか——来月末になったら、また家賃と光熱費の支払いがある、という事実がちらっと頭に浮かんだが、今は考えないことにする。そのころまでには仁子が帰ってくるし、ほかにいい方法を思いつくのに違いない。

アメリアシャンプーのサンプル配布はクリスマスまでのキャンペーンで、不定期にあちこちの場所でやるようだ。今日のあすみ以外のメンバーは経験者だった。たまに僻地へ行かされることもあるが、日雇いの中では好条件のほうらしい。あすみも一日やってコツはつかんだ。

とりあえず一回だけと思っていたが、いろいろ計算していたらやる気が出た。

次の予定を入れるべく、ツカモトアドのサイトを開いていたら、スマホが鳴った。

LINEである。発信者はミルキー。

そういえば今日の別れ際、ミルキーからだるそうに、あすみさん、LINE教えてもらっていい？　と訊かれた。

ミルキーはぶっきらぼうだが意外と親切だった。あすみが倒れそうになったときに水といちごのチョコレートをくれた。ランチとトイレのとき、お互いのダンボールの見張りをしているうちに、少し仲良くなっていた。

あすみさん、明日空いてる？
横浜のショッピングモールで、今日と同じ仕事があるんだけどあたし行けなくなっちゃったんで、代わりに行ってもらえます？

いきなりである。

こういうのはありなのか、と思ったが、そもそもツカモトアドの人はアルバイトの名前を覚えてもいなかった。明日行くのがミルキーだろうがあすみだろうが同じだろう。

いいのか。いいんだろうな、終わったときにお金をもらえるなら。

あたしとミルキー、今日知り合ったばかりだけど。年齢も本名も知らないけど。

あすみは半信半疑で、ミルキーに了解の返事を送った。

「あーミルキーでしょ、あるある。あの子、気が向いたときしか仕事しないのよ」

鮭弁当を食べながら深谷は言った。

深谷は今日のシャンプー配りの仕事仲間である。

ピンチヒッターであることは問題なく、牛田さんの代わりに来ましたと言ったらそれで通った。ミルキーの名前が牛田留希であるということはLINEで初めて知った。

前回と同じ、四人をふたりずつに分けて二か所。深谷はあすみとは違う場所の担当で、ランチの時間が重なった。十一時十五分にショッピングモールの指定された部屋に行くと、深谷のほうがあすみを見つけて手招きした。

年齢は三十代後半くらいだと思う。青いキャップとジャンパーの下は白いパンツとボーダーTシャツ。栗色に染めたセミロングヘアで、ナチュラルメイクをしている。そのままフードコートでランチを食べたり、子どもを連れて買い物をしていたりしてもおかしくない。

深谷ですよろしく、と最初に挨拶してくれたし、ミルキーに比べたら格段に常識的で、親しみやすい女性である。

「ミルキーさんと知り合いなんですか？」

あすみは言った。鮭は固くて味が濃すぎるが、めったに食べられないので大事に食べている。

深谷は水筒のお茶を飲みながらうなずいた。

「あちこちの仕事で会って、知り合いになっちゃったの。ミルキーはすぐにLINEを訊くでしょ。あれ、自分の仕事を代わってもらうためなのよ。帰れないからって家に泊めてあげたこともあるし。うち目黒だから」

「名前、なんでミルキーなんですか」

「甘いお菓子が好きだからだと思う。牛田留希ちゃんってかわいい名前だけど、本名かどうかわからないわよね」

「何やっている人なんですか。主婦?」

「彼氏と一緒に住んでいたみたいだけど、もう別れたと思う」

その程度しかわからない相手を家に泊めたのか。

あすみは深谷を常識的だと思ったことを訂正する。ミルキーもだが、深谷もちょっと変わっている。

「ミルキーはその日の朝とか前日の夜に仕事を決めるんだけど、ツカモトアドは前もって行く日を登録しなきゃならないからね。適当に登録しておいて、気が乗らなかったら他の人にLINEして代わってもらっているんじゃないかな。断ればいいんだけど、あれで義理堅いのよね」

「……それ、義理堅いって言うんですか」

自分が誰かをいいかげんだと思うとは思わなかった。仁子に聞かれたら笑われそうである。

「あすみさん、そういうの許せない人？」

首をかしげるようにして深谷が訊いた。

「……いや、あたしは人のこと言えないです。何も考えないで会社辞めちゃったし」

あすみは自戒をこめて言った。ミルキーや深谷を非難できるような人間ではない。いいかげんなことを許せない性格なら、今ここにいない。

「あら。てっきりＯＬさんだと思ってた」

「会社行ってたら平日にバイトできないですよ」

「だから、有給休暇とって日雇いバイトやっているのかなって。カードで買い物しすぎたり、旅行のお金貯めてたりとか。そういう人、たまにいるから。あすみさん、身なりも持ち物もきれいだし、フリーターには見えないのよね」

「会社は辞めちゃってるけど、当たってます。カードの支払いが十一日なんですよ。買い物したこと忘れてて、請求がきてからめちゃくちゃ焦りました」

「あはは。何を買ったの？」

「万年筆です。六万六千円のモンブラン」

「服じゃないんだ」

「いろいろ事情があるんです」

「事情のない人なんていないわよ。真面目に働いて偉いと思う」

あすみは驚いて深谷を見つめた。

誉められるとは思わなかった。あすみはシャンプーを配りながら、こんなところで何をやっているんだろう、友達に見られたらどうしよう、妹に知られたらバカにされそう、両親にはすぐにやめろと怒られそうだとずっと思っているのに。

あすみの父親と親族は地方公務員である。妹は公的な団体の職員である。彼らにとっては、シャンプーを配るのは働くうちに入っていないと思う。

仁子だけは、頑張っているねと言ってくれそうだけれども。

「そろそろ仕事に戻らないと。ここ、給湯室があるのよね。ありがたいわ」

十一時四十分になっていた。深谷は弁当の空箱をビニール袋に入れ、水筒の蓋をしめて立ち上がる。あすみも自分のペットボトルを持って立った。水分補給は必須。飲みきったら水道水を補充するというのはミルキーを見て覚えた。

ペットボトルに水を入れていると、深谷は思い出したように言った。

「あすみさん、LINE教えてくれる？　わたし、あちこちで仕事をしているから、いいのがあったら回せるかも。十一日ってけっこう近いわよね」

「あ、はい」

あすみはスマホを取り出した。

深谷のことは何も知らない。深谷もあすみのことを何も知らない。まともに勤めている人でもないのに、簡単につながっていいのか、と一瞬思う。

しかし深谷の言葉を聞いていると、こういうものなのかもしれないとも思う。

「ランチ時はかきいれ時よね。頑張って配るか」

水筒に白湯を入れながら、深谷は言った。

LINEの名前には、「りかママ」とあった。最初に思った通り、子どものいる既婚者のようだ。

少し変わっているが、いい人ではあると思う。ミルキーと同じように。こういうときは自分の感覚を信じるしかない。


あすみさん、深谷です。

仕事のことなんだけど、来月に空いている日はありますか？

私の知人がアマチュアの絵画展の監視の女性を募集しています。

上野の美術館で、十時から八時まで、休憩一時間、時給千百円。日給可。シフト制。

不定期だと思うけど、綺麗で楽な仕事ですよ。
私もやる予定です。

ぜひお願いします！

じゃあ伝えておきます。
知人にあすみさんのＬＩＮＥを教えてもいいですか？

ＯＫです

それから、ちょっと思いついたんだけど、
ネットのフリマサイトって使ったことある？
どうしてもお金が必要なら、万年筆売っちゃったらどうかな。
私はよく使います。便利ですよ。
余計なお世話だったらごめんね。

あすみが深谷からのＬＩＮＥを受け取ったのは、三日後の夜である。自宅である。夕食の小松菜と卵の雑炊を食べ終わり、明日着ていく服を考えているところだ。

あれから三回、知らない駅でシャンプー配りをしたが、ミルキーとも深谷とも会わなかった。

五回もやるとすっかり慣れた。無言でダンボールを受け取りジャンパーを羽織り、水分と糖分をとりながらエネルギーを抑えてサンプルを配るようになっている。

深谷はおせっかいだと思う。調子がいいときだったらうっとうしく思うかもしれない。ミルキーもそうだが、これまでのあすみの周辺にはいなかったタイプだ。

仁子は優しいがドライだし、仁子以外の友人は言わずもがなである。苦境のときに踏み込んで親切にしてくれるのが、ほとんど知らない人であるというのが不思議な気がする。

あすみは洋服選びを中断し、ベッドに座ってメールの返信をした。

日払いの仕事とはこんなふうに決まっていくものなのか。これも人脈といっていいのだろうか。楽ではあるが心もとない。

深谷の知人からはすぐに連絡がきた。

ツカモトアドのような会社とは違い、個人が知人たちを集めてとりまとめをしているようだ。仕事についてはほとんど何も書いていないのに、カジュアルすぎる服、派手な服は禁止、メイクしてパンプスで来てくださいと身だしなみにやたら厳しい。だいたいの人は決まっているが、集まらない日の補充要員らしい。シフトの希望を訊かれたので、土日ＯＫで、十時から八時までフルでできると答えた。

シャンプー配りもだが、休日に仕事ができるのはありがたい。派遣社員を始めたら平日に働けないから、給料が出るまでの足しになる。

フルで働いたら九千九百円。交通費を差し引いても九千円だ。絵画展の監視はシャンプー配りよりも楽そうだし、服とパンプスなら売るほどある。

売る——と……。

あすみは全開になったクロゼットを見つめた。

新品の服とバッグならいくつかある。最近買ったショルダーバッグは人気ブランドの新作で、まだ二回しか使っていない。一番高く売れそうである。

万年筆は売りたくない。気に入っているのである。筆太郎という名前もつけた。正式名は、万年モンブラン筆太郎。

ネットフリマなどやったことはないが、バッグと服がいくつか売れれば、次の家賃と光熱費くらいになるかもしれない。そうなったら日雇いバイトもしなくてよくなる。

どちらにしろ生活が軌道に乗るまで。派遣社員として正式に勤め始めるまでだけれども。

あすみはスマホに新しい予定を書き込み、クロゼットから黒いタイトスカートとブラウスを選び出す。

明日はアルバイトを入れていない。派遣会社の社内見学の日なのである。


「――藤本さんは、エクセルは使えるんですよね？」

株式会社ウエイブスエアは、豊洲にあるシステム開発とコンサルティングの会社だった。

あすみの仕事はファイリングとプロジェクトの進捗管理、マネジメントの補佐。

案内してくれた女性の名刺には、企画部の町山とあった。紺のスカートとジャケットを着て、髪をアップにした美人である。

「はい。以前の会社では、納品書類の作成と受注管理の仕事をしていました」

「以前の会社って、京日カーボンですよね。大手メーカーですが、なぜ辞められたんですか？」

「――結婚する予定があったんですが、事情が変わりまして」

「いろいろありますよね、女性は」

町山はうなずいた。

町山が優しそうな女性なのであすみはほっとした。

優しいといえばあすみの後ろにいる派遣コーディネーターの矢野もそうだ。

矢野は四十歳代であろう女性だ。親身になって就職相談に乗り、あすみには週払いではなくきちんとした会社の事務、正社員の紹介制度のある会社がいいとアドバイスしてくれた。

ふたりともけして敬語を崩さない。まず挨拶し、自己紹介から始める。あすみが何かを言うと、目を見てうなずいて同意する。これこそが社会人というやつである。

「ということは、これから結婚する予定は」

「町山さん、失礼ですがその質問は」

矢野が割って入った。訊いてはいけないことだったらしい。矢野が口をはさんだのは初めてだった。

「いいですよ、矢野さん。しばらくは結婚しないと思います。――たぶん」

あすみは言った。きっぱりと言い切ろうと思ったのだが、踏ん切りが悪くなったのは、ふと理空也の顔が頭に浮かんだからだ。

「ごめんなさい、訊いちゃいけませんでしたね。――エクセルのマクロは組めますか？」

「ええと――ちょっとやっていました。頑張ればできると思います」

あすみは言った。実際は誰かの作ったファイルに文字と数字を打ち込むだけだったが、あれがマクロだということは知っている。ここは適当に言っておくに限る。

「サイボウズを使ったことは？」

「システム開発――プログラミング言語などに興味はありますか？」

「町山さん。今回は、プログラマーではなくて事務というお話でしたよね」

矢野がさりげなく口をはさむ。

「あ、そうでした。もちろん興味がなくてもかまわないですよ。必要なことは教えますから」

町山は穏やかに言った。よくわからないので、あすみはあいまいに微笑んでおく。

町山は廊下を歩き、ひとつのドアの前で止まった。カードを認証機械に通し、中に入る。

あすみは続いて中に入り、軽く息をのむ。

株式会社ウエイブスエアがあるのはオフィスビルのワンフロアだが、窓を広くとってあるので見晴らしがいい。日が射さない側はブラインドをひいていない。

デスクとロッカーが並んでいるのが半分、フロアの半分はカフェのようなテーブルのスペースになっていた。テーブルは木製、ほかの家具も木目調か白い色で、おなじみのねずみ色のデスクではない。床には毛足の長いラグが敷かれている。白いソファーと大きなクッションも置いてあって、オフィスという感じがしない。

働いているのは二十人程度だろうか。スーツ姿の人もいればカジュアルな人もいる。デスクについているのは五人ほどで、残りはテーブルでパソコンに向かっていた。仕切るように置かれた観葉植物のうしろで男女が椅子を持ち寄って座り、ノートパソコンを膝の上に載せて打ち合わせをしている。

社員たちはみな学生のように見える。四十代が中心だったあすみの前部署とはまるで違う。

シアトル系カフェのタンブラーを置いている人が多いのは、このオフィスビルの一階にチェーン店のカフェがあるからだろうか。

「どうですか？　藤本さん」

町山が言った。

「変わっていますね。自由というか。なんだかカフェみたいです」

「当社では技術者にフリーアドレス制を採用しています。個人の持ち物はロッカーと本棚に置き、原則としてデスクの住所を決めません。居場所と進捗を明らかにしていれば、外に仕事をしにいってもいいんですよ。だからこそ、進捗管理の専門の人員が必要なんです」

町山はテーブルの間を縫うようにしてフロアを歩いて行く。

仕事中の社員のひとりがちらりとあすみを見た。細身で黒ぶちの眼鏡の似合う男である。あすみはどきどきした。左手の薬指をチェックしたくなる。

町山は突き当たりの窓際で止まった。ほかのデスクとの間を分けるように低い棚があり、そこにも観葉植物、そしてふたつのデスクがある。

「ここが仕事場所になります。奥がわたしのデスク、藤本さんはその隣です」

眺望のいい場所だった。窓からは抜けるような空と雲が見える。

空調は一定に保たれていて、暑くも寒くもない。カタカタカタ、と静かにパソコンを打つ音と、打ち合わせをする低い声が聞こえてくる。観葉植物からは清涼な香りがする。清潔で知的で現代的な場所である。

ここは悪くない――いや、かなりいい。ここで働きたい。

仕事は楽そうだし、給料は悪くない。何よりおしゃれだ。新しい出会いもあるかもしれない。

派遣会社に登録してよかったと思った。こういう会社はきっとハローワークの求人票にはない。聞いたことのない会社だから心配だったけれど、ここにしてよかった。

町山は誇らしげに立っていた。あすみは町山を見返し、ゆっくりとうなずいた。

このたびの株式会社ウエイブスエアさんのマッチングの件ですが、ご縁がなかったということでよろしくお願いいたします。

藤本様のスキルは求められる基準に達しておりましたので、私も残念です。

よろしければ第二希望の会社とのマッチングをすすめさせていただきます。ご連絡をお待ちしています。

株式会社クロスキャリア　担当：矢野

『――ですから理由はないんですね。本当に、ご縁がなかったとしか』

電話の向こうで、矢野が言っている。

「でも、お断りされるというのは何か、いけないことがあったからですよね。やっぱりパソコンでしょうか。プログラミングがわからないから？」

『いいえ。それは募集スキルのうちに入っていません。ただ今回は募集人員がひとりでした。うちは藤本さんを推薦させていただきましたが、先方が別の派遣会社にも依頼を出していたのかもしれませんし、その後にぴったりの人材が入社してきたのかもしれません』

文句の電話だというのに、矢野はていねいだった。言い慣れているのかもしれない。

午後二時半――あすみが話しているのは、駅のそばの裏通りである。

シャンプー配りを終え、スマホを見たらメールが来ているのに気づいた。株式会社ウエイブスエアへの派遣が断られたという知らせである。

町山はあすみを気に入って、すぐにでも働きに来てもらいたいようなことを言っていたのに。

ショックもあるがどうしても納得できなかった。あすみはシャンプー配りを終えたままの格好で駅の周辺をうろうろし、人通りの少ない裏通りを見つけて、矢野に電話をかけているというわけなのである。

「じゃあウエイブスエアさんが、あたしよりも他の人を選んだということですか？」

『それは当方にはわからないんです、すみません』

「どうしてあたしじゃダメだったんでしょうか。もしかしたら顔ですか？　あたし、ずっと美容院行ってないから。それとも、ストッキングじゃなくて黒のタイツだったから？」

『ルックスで落とすということはありません。面接は禁止されていますので』

「禁止されていると言ったって、いろいろ訊かれたじゃないですか。あれ面接じゃないんですか」

『社内見学はあくまで藤本さんに決めていただくためのものです』

「だから、あたしはいいって言ってるのに！」

『本当に申し訳ありません、わたしの力が及ばなくて。今回はご縁がなかったんです。それだけなんです。藤本さんなら、違う企業でも、じゅうぶん通用する人材だと思っています』

矢野は辛抱強かった。怒ったりふてくされたりせず、あすみをバカにすることもない。

いっそあなたのスキルじゃダメなのよと言ってくれれば納得もできるのに。髪は染め直してストッキングを穿いて、システム開発の会社なんだからプログラミングの知識を入れておくべきでしたねと言ってくれれば。

「そうですか……わかりました」

あすみは言った。

これ以上言っても無駄である。矢野を責めてもどうしようもない。

『申し訳ありません。次はわたしも頑張ります。では第二希望、尾形(おがた)エンジニアリングさんとの営業事務派遣のマッチングをすすめさせていただいてよろしいですか？再考したいということであれば、また弊社へ来ていただければ』

「第二希望の会社、お願いします」

『ここも社内見学がありますが、来週以降の予定はいかがですか』

「社内見学って……要は面接ですよね？」

『いえ社内見学です。面接は禁止されていますので』

「……わかりました」

電話を切ったら泣きたくなった。

社内見学を終えた時点であすみは安心していたのである。

来週以降は株式会社ウエイブスエアの派遣社員になって、さっそうと豊洲に通う自分を思い浮かべ、自宅でファッションショーまでしていた。給料が入ったら買いたいものリストを作り、それにはまず次のカード引き落としを乗り切らねばとシャンプー配りにも気合いが入っていたのである。

給料も自分の予定もそうだが、断られたというショックが強い。

株式会社ウエイブスエアは、最初は乗り気でなくて、矢野がすすめるので妥協して応募した会社だった。

このまま決まらないということがあるのだろうか。次のも落ちたら、どうしたらいいのか。

ネットの求人サイトを調べたら、二十八歳の中途入社で、給料二十五万円を超えて楽そうな仕事はほぼなかった。あると思ったら看護師だの、英検一級以上必要だの、未経験者不可だのである。オフィスワークだったら手取り二十万円いけばいいほうで、それすらスキルが足りなかったりする。

二十万円。正気か。家賃光熱費で半分以上なくなるではないか。

なんで引っ越ししたのだろうとあすみは思う。前のマンションは家賃七万六千円だった。古くて狭いが都電の駅が近くにあって、使い勝手は悪くなかった。家賃補助が会社から出たから、実質は六万円とちょっとで暮らすことができた。

理由はわかっている。理空也と暮らしたかったからだ。1Kでふたりは住めない。

理空也は、結婚してタワーマンションを買うまでのつなぎだから、少し遠くてもいいよねと言った。理空也のことだから港区の、家賃だけで何十万円もするマンションにするものだと思っていたから、区外の住宅地にある2DKは意外だった。

ぼくは都心で慌ただしく暮らしてきたから、近くに畑があるような、のんびりとした住宅地に憧れがあるんだよね。短い間のことだから、たまにはそういうところで暮らしたいな。

理空也の住んでいるのは六本木のマンションという話だったが――マンションのエントランスまでは何度も行ったが、会社の名義なのでプライベートとは分けたいという理由で、あすみを部屋に入れてくれたことはなかった。ふたりで過ごすには別の部屋を借りなくてはならなかったのである。

九万二千円。あのときは安いなと思ったけれど、無職の身では重くのしかかる。家賃が七万六千円だったら、給料が二十万円でもなんとかなるかもしれないのに。交通費だってこんなにかからないのに。

港区の豪華マンションだったらそもそも、辞める前に払えなくなっていたわけだが。

……まさかと思うが――理空也が、最初から、逃げるつもりだった、なんてことはない……よね？

あすみはふっと考える。

ふたりで暮らしたいけれど、家賃が何十万ものところにしたら、あすみだけでは払いきれない。そもそも借りられないと思う。

自分が払いたくないから、あすみだけで借りられる上限ギリギリの、駅から遠い九万二千円のマンションにした？

まさか。それだったらあすみが会社を辞めることをなんで止めなかったの。理空也はフリーターなんだから、あすみまで辞めたら暮らせなくなる。

あすみは知らなくても、理空也にはわかっていたことなのに。

最初から、あすみが辞めたらすぐに別れるつもりだった？

理空也には愛情なんかなくて。あすみのカードを好きなだけ使って、支払いの時期になったら振り込むからなんでも買っちゃえばと言って、あすみに収入がなくなって、請求されそうになったら消えるつもりだった?

理空也はその後、あすみがどうなろうと、どうでもよくて——。

——大好きだよ。あすみちゃん。いつまでもそのままでいてほしい。結婚しよう。

あすみは道ばたの電柱によりかかり、前髪に手を突っ込んだ。どうせ一日キャップをかぶって髪はぺったんこだし、ブローもまともにせず、ひとつに縛っただけの髪である。

「——ちっす。あすみさん、どうしたの」

もう泣きたい。本当に泣く——と思っていたら、声をかけられた。

声をかけてきたのはミルキーである。赤いウインドブレーカーを着て、布のバッグを肩から提げている。手にはかじりかけの肉まんを持っていた。

「なんでもないよ……。もう帰ったんだと思ってた」

あすみは言った。

そういえば今日のシャンプー配りにはミルキーがいたのだった。挨拶はしたが、班もランチの時間も違ったのでそんなに口をきいていない。

「すぐそばの駐輪場に自転車とめてあるの。バイト終わったからさ、駅ビルぶらぶらして、これから帰ろうと思っていたところ」

「そうなの。よかったね」

「なんかあった」

「派遣で面接した会社に断られた」

あすみは言った。敬語を使うのも面倒くさい。ミルキー相手にとりつくろっても仕方がない。隠そうとする気持ちすらなくなっていた。

「ふーん」

「あたし、そこに決まると思ってたの。すごいかっこいい会社でね。だから、それまで頑張ろうと思って……。それで、シャンプー配り、いっぱい入れた」

「そうなんだ。どうりで。なんかねえ、変だと思ってたんだよね」

「派遣始めたら、もう平日に仕事できないからさ、カードと家賃払わなきゃならないから、必死で……。お金貯めなきゃならなかったから、あたし、もう必死で」

あすみは言った。

視界がぼやけたと思ったら、ぼろぼろと涙が出てきた。

「そりゃ、バカなのはあたしだと思うよ。何も考えないで会社辞めちゃって、退職金全部、洗濯機だの冷蔵庫だの、バッグだの靴だのフランス料理だのにつぎ込んで。理空也から、辞めたら、すぐに百万円もらえるんだと思って。そう言ってたから。り、理空也が、そう言ってたから。月に百万円。すぐにって。もう、百円くらいの感じで」

「りくやって、元彼かなんか」

「そうだよ。社長だって言ってたの。でも、でも嘘だった」

あすみは涙を手の甲で拭いた。ミルキーは無表情で肉まんをほおばり、あすみを見ている。あすみの言葉を理解しているのかどうかもわからない。そんなことはどうでもよくなった。

「今日の会社だってそう。あそこがあなたのデスクですなんて、もうピッカピカの笑顔で言ったんだよ。その次の日に、今回はご縁がありませんでしたって。交通費かけて、髪ブローして、化粧して、バカみたいだよ。あたしが、結婚しませんってはっきり言わなかったからなの。女性にはいろいろありますよねって言ったのに、そうなの、そのせいなの？　それとも、別の派遣会社から、すごい美人で若くて、マクロなんかバンバン組めちゃう女が面接、じゃなくて社内見学に来たからなの？」

「バイト代でうまいもんでも食べて忘れなよ」

「ダメだよ、無理。節約生活してるんだもん。お金使えない」

あすみは首を振った。ふたたび涙が滲んでくる。

「毎日、筆太郎で家計簿つけて、毎日、毎日、卵かけごはんばっかり食べて、か、カフェにも行ってないし、お寿司もアイスも食べてない。仕事終えたらお茶くらい飲みたいよ。我慢して、銀行って、お金入れて、銀行の椅子で少し座って休んだりするの、もう嫌だ。こんなに働いたって、ぜんぜん間に合わない。理空也には騙されたの。あたしがバカだったから。あたしのせい。もう無理だよ。もう無理」

「じゃあ、これ、やるからさ」

ミルキーは肉まんを食べ終わっていた。手をデニムにこすりつけて拭いてから、布のバッグに手を突っ込む。そこから封筒を取り出した。

さっきツカモトアドからもらったばかりの、あすみのバッグにも入っている茶封筒である。

ミルキーは封筒から千円札を三枚出し、あすみに差し出した。

「あそこ、曲がったところに寿司屋あるじゃん。これで、お寿司とアイス食べていきなよ。余ったら駅のカフェでも行ってさ」

あすみはびっくりしてミルキーを見つめた。

「これ、今日のバイト代」

「あたし、本当は今日休むつもりだったんだ。断るのも頼むのもかったるくて、面倒くさいから来ただけだから。別にいいんだわ」

あいかわらずのテンションの低い声で、ミルキーは言った。

「よくわかんないけどさ、あすみさん、あたしよりは頭いいと思う。きっとそのうち金持ちになるよ。今はまあ、そういうときなんだって」

ミルキーはあすみの手を取り、無理矢理手にお札を握らせた。

「じゃああたし行くから。あそこのお寿司、おいしいよ。海老マヨおすすめ。彼氏が好きなんだよね。食べたら元気出るから」

ミルキーは言うだけ言って歩き始めた。

あすみは三枚のお札をつかんだまま、呆然とミルキーの背中を見送る。

涙はいつのまにか乾いていた。


回転寿司屋の窓の向こうに、ミルキーが自転車で走っていくのが見えた。

あ、と思ったときには通り過ぎていた。ミルキーはこちらには目もくれずに自転車を漕いでいる。赤くて古いママチャリである。

……年下のミルキーにあたって、泣いて、お金までもらって。

就職面接で落ちたことなんかより、よほどみっともない。かっこ悪い。

たった一件、派遣先の企業に断られたくらいで。

あすみは情けない気持ちでお寿司をとる。

百円のお寿司は久しぶりである。理空也は、お寿司は熟練の職人が握っていないと意味がないんだよね、と言っていた。最近は六本木にもいいお寿司屋さんがあるけど、やっぱり銀座にはかなわないと思うよ。

ランチが早かったのでお腹がすいていた。オニオンサーモンと海老マヨのお寿司は染み渡るほどにおいしかった。

海老マヨが来たときに思いついて、写真を撮った。

写真を添えて、ミルキーにお礼のＬＩＮＥを送る。

今食べてるよ、すごく元気出た
三千円、十一日を過ぎるまで待ってください
必ず返します。ありがとう

送ったあとで、メールが来ているのに気づいた。矢野からである。

今回は残念でした。次も頑張りましょう。藤本さんならいい会社が見つかると思います。
つきましてはご提案なのですが、弊社では登録者向けに、ＯＡおよび経理事務の講座を開いております。

さらなるスキルアップのため、表計算ソフトの中級コースで学ばれてはいかがでしょうか（現在のスキルが足りないという意味ではありません）。

藤本さんは登録して三か月以内ですので無料です。ご検討ください。

株式会社クロスキャリア　担当：矢野

あすみはスマホを見つめた。

矢野に文句を言ったことを反省する。勝手にすればと放りだしてもおかしくないのに。

仁子は十万円をバイト代だと言ってくれた。深谷さんはバイト先を紹介してくれた。ミルキーは泣くあすみを慰めて三千円をくれた。矢野はなんとかあすみに派遣先を見つけてくれようとしている。

理空也が出ていったあと、誰からも見捨てられたような気になっていたけれど、そうでもないのかもしれない。

ひょっとしたら、あすみは恵まれているのかもしれない。

あすみは新しいイクラのお寿司をとった。おいしい。茶碗蒸し（ちゃわんむ）と海鮮汁も食べたくなり、思い切って注文した。

矢野が表計算の講座をすすめてくるということは、やはりエクセルのスキルがネックだったのだろうか――。

あすみは矢野が送ってきたパソコンの講座のコースを見た。

表計算の中級コースは一回一時間程度で、何回かに分けてある。

あすみは来週のシャンプー配りの日に、四時からの講座を予約した。

ついでに、最近始めたばかりのフリマアプリを開く。

最初なので、使っていないヨガマットと謎の太鼓を出してみたのだが、売れていないようだ。これはあまり期待できない。

シャンプー配りは毎日あるわけではない。社内見学が入れば一日つぶれるし、それまでに髪を染め直したい。ここはケチケチしていられない。

茶碗蒸しが来た。あすみはゆっくりとスプーンを入れて味わいながら食べる。

食べ終わるとお茶を飲み、覚悟を決めてスマホに向かう。

求職サイトに、日雇い――と、打ち込んだ。


「じゃあこの駅は三人ね。四人って話だったけど誰か休んだか。三人、表の名前にチェックいれて、バス乗ってくれる」

駅の待ち合わせ場所に小型のバスが止まる。下りて来たのは作業着を着た男性だった。

　待っていたのはあすみのほかは男性ふたりである。ひとりは小太りの中年男性、もうひとりは十一月だというのにシャツ一枚で、ぼんやりとした若い男性である。彼らが仲間じゃありませんように――と願っていたが外れてしまった。

　今日の仕事は倉庫の整理。商品のバーコードを読み取って仕分けをするだけ、と求人サイトには書いてあった。

　ほかの工場の仕事よりは簡単そうだったし、近い駅までの送迎がある。お弁当付きで日給は一万円。終わるのは五時なので買い物をして帰れる。

　あすみはふたりの男性に続き、名簿の「藤本」の欄にチェックを入れた。バスはエンジンをかけっぱなしで、作業着を着た男性はもう運転席に座っている。

　シャツの男性は周囲が目に入っていないようだった。ゆらりとバスに入って行く。中年の男性は乗り込む前に振り返り、数秒、なめるようにあすみを見た。

　外見に気を使わず、余計なエネルギーを使わないようにテンションを下げ、淡々と動くことにはもう慣れた。しかし男性だとこうも雰囲気が違うものか。

　シャンプー配りで一緒に働いたのは、これまでのところ、全員女性だった。

　その場だけであっても言葉は交わした。気さくな人であればランチのときに雑談をしたし、トイレの間にダンボールの見張り合いもした。ミルキーと深谷以外にもＬＩ

NEの交換をした会社員と主婦もいる。あすみの常識からいえば変わった人が多かったが、話してみればどうということはなく、本業の給料が低いだの、終わったら幼稚園に子どもを迎えにいくだの、変な人がいるから気をつけろだのという他愛ない話は楽しかった。

この男性たちとLINEの交換はできない。この人たちと同じ車に乗って、行ったことのない場所に連れていかれて、五時まで働く、ということが信じられない。

シャンプー配りのアルバイト仲間の何人かが、この仕事は日雇いにしては好条件だ、やりやすい、と言っていた意味がわかった。少なくともこういう不安を感じたことはない。

バスの中にはすでに五人ほどのアルバイトらしき男女がいた。若い人から中年の女性までまちまちである。一番うしろに同年代らしき女性がいるのをみつけ、あすみはほっとした。

彼女の近くまでいこうとしたとき、胸がざわついた。

なんだか妙な臭いがするのである。

汗臭い、とも違う。汗ともアルコールともつかない、苦いような酸っぱいような臭気である。嗅いだことがあるような気もする。どこから漂ってくるのかはわからない。

気のせいである——とあすみは自分に言い聞かせ、空いている席に座った。マスクをめいっぱい引き上げて、目を閉じる。


「藤本さん、匂いがしますよね」

と言われたので、ぎくりとした。

上野の美術館、ある絵画グループの展示発表会である。深谷の紹介で入った仕事だ。

あすみは入り口付近のテーブルに、芳名録を前にして座っている。

となりにいるのは田島――三十代の女性である。

「に、匂いって、どんな――」

「髪からいい匂いがします。いいですよね、近づいて初めてわかる香りって。シャンプー何使ってます？」

「あ――そういう意味ですか」

あすみはほっとした。

絵画展の仕事は今日が初日である。昨日まで連続三日、倉庫で日雇いバイトをしていた。

バスの中の閉塞感には最後まで慣れなかったが、仕事は単純で、誰とも口をきかないですむのは楽でもあった。送迎とランチ付きで一日一万円の日給は捨てがたい。心を無にして働き、三万円はそのまま銀行に入れた。

あとは予定通り、絵画展とシャンプー配りで働けば、スイカに入れたのと生活費を除いてもカード支払い分の収入を達成できる。

絵画展はプロの画家も出展していて、そこそこ大きかった。パンプスを履く仕事は久しぶりである。就職活動ほどきっちりしなくていいので、あすみはゆるく髪をまとめ、体を締めつけないワンピースを着ている。

集まったアルバイトの女性は六人。主婦か会社員ばかりのようだ。服装指定が厳しかっただけあって、全員、女子アナウンサーのような服装をしている。極端に痩せた人も太っている人もいない。

しかし日雇いアルバイトといちばん違うのは服装ではない。おっとりとていねいな雰囲気、黙っていても微笑（ほほえ）んでいるような愛想のよさである。

ここにミルキーがいたら、ペットショップに紛れ込んだ痩せた野良猫のように見えるだろう。

ミルキーはペットショップの一員にしてあげると言われても断りそうだけれども。

――それを見越して、深谷もおそらくミルキーにはこの仕事を頼まないのだろうけれども。

「アメリアシャンプーです。サンライフプロダクトの新作の。なかなかいいですよ」

あすみは言った。

今日は初めてなので、田島と組んで芳名録の受付を任されている。

田島は人のよさそうな主婦である。服装も喋(しゃべ)り口もふんわりしているが、仕事には慣れていて、あすみにわかりやすくやりかたを教えてくれた。

「そうなんだ。いい香り。わたしも使ってみようかな。この間、地元の駅でサンプル配ってました。受け取らなかったけど」

「今、キャンペーンやっているみたいですね」

次のシャンプー配りの場所が田島の地元の駅でないようにと祈りながら言った。

田島はにこやかにうなずいている。なんならサンプルあげますよと言いたくなる。あすみの家には袋いっぱいのアメリアシャンプーのサンプルがある。三日間の倉庫仕事が終わった昨日は二袋使って、髪を念入りに洗った。

「藤本さん、今日はフルでできるんですよね」

「はい。八時までやります。——日給でいただけると聞いたので」

「希望者にはそうしているので、申し送りしておきますね。わたしは四時までだから。ランチはどうします？　交代だけど昼時はどこも混むから、ピークとずらしたほうがいいですよね」

「あたしは何時でもいいです。お弁当を持ってきたので、控え室で食べます」

あすみは言った。

このアルバイトは昼食が出ない。たまには外でランチでも――と思ったのだが、検索してみて無理だと悟った。千円以下のランチの場所がない。今日は朝からおにぎりを握り、卵焼きと小松菜のおひたしを百円ショップで買ったタッパーに入れて持ってきた。

「お弁当なんですか？　館内レストランのハンバーグランチ、けっこうおいしいですよ」

「いいですね。今度考えてみます」

「わたしなんて、今日は何食べようかなあってそればっかり。ランチが楽しみで働いているようなものなの」

田島は笑った。天井のライトに照らされて真珠のピアスがきらきら光る。きっと本物だろう。いい家の奥様なのだ。

いいな――と思う。あすみもそうなる予定だった。二か月くらい前まではそう思っていた。会社員だったときは社員食堂やテイクアウトをよく使い、たまに会社の人たちと示し合わせて豪華な食事へ行くのが楽しみだった。

今はそうではない。あすみと田島との間には深くて長い河が流れている。

ミルキーを見ても自分とは違うと思うし、田島を見ても違うと思う。あすみは一体、どこに属する人間なのか。

あすみは急に心もとなさを覚え、ふりきるように目の前の客に芳名録への記帳をすすめた。客が近寄ってくると、よろしくお願いしまーす！　と思わず声をあげてしまいそうになる。


「藤本さん、いいですか」

表計算ソフトの講座を終えて外に出ると、矢野が声をかけてきた。

新橋にある株式会社クロスキャリアの本社ビルである。今日はシャンプー配りを終えたあと、講座に出るために直接足を運んだ。

教室はワンフロアを使った自習室の奥にある。自習室には一人がけのテーブルとノートパソコンが並べてあり、登録者が次の講座を待ったり、自習していたりする。矢野はすみの椅子から立ち上がっている。どうやら講座が終わるのを待っていたらしい。

あすみは大きなバッグを持っていた。バッグの中身はトレーナーとトレッキングシューズだ。シャンプー配りをしたあと、講座に参加するために靴とブラウスだけ着替えたのである。人と会うわけではないからそのままでもいいのだが、新橋駅に来るからにはきちんとした格好をしたかった。

「はい、ごぶさたしています」

「先日は残念でした。講座、どうでしたか」

「難しいですけど勉強になります。次の予約もとりました」

「頑張りましょうね。資格をとりたいなら専用の講座もありますよ。――それで、第二希望の尾形エンジニアリングのことなんですが」

矢野は手にファイルを持っていた。立ったままファイルを広げて言う。

「本社は品川にあります。社内見学について連絡をとったところ、先方の希望が届きました。明日と、来週の火曜日と木曜日。明日はちょっと急なんですが、無理でしょうか」

出たな社内見学。あすみは緊張する。

「いいえ。大丈夫です。明日行きます」

あすみは答えた。

矢野はほっとしたようだった。

「そうですね。あまり引っ張らないほうがいいでしょう。だったら明日、本社に十時ということで返事をしてもいいですか？」

「はい」

「詳細はメールしておきますね。よろしくお願いします」

矢野はあすみとの打ち合わせを終えると、講座に参加している他の登録者に声をかけ、頑張りましょうねと言っている。担当はあすみだけではないのだ。派遣コーディネーターというのも大変である。

次に社内見学の指定が来たら、相手が提示した最初の日にしようと決めていた。前回の会社に落ちたのは、先方が指定してきた三日のうち、最後の日にしたのが原因ではなかろうかと思っていたのである。

最後の日ではいかにも行きたくなさそう、やる気がなさそうではないか。マクロの組める若い美女が、一日目に他社からやってきて意欲を見せたら負けてしまうのに決まっている。

おのれマクロを組める若い美女。今度こそは負けないぞ。

あすみは自習室のすみに座り、LINEを打つ。

ミルキー、あすみです
申し訳ないんだけど、明日のシャンプー配り、代わってくれませんか

いーよ

ミルキーからはすぐに返事が来た。

簡単である。勤めるのもやめるのもまったく面倒くさくない。なんの審査も要らない。

それに比べ、ちゃんと働くことのなんと面倒なことか。

あすみは続いてスマホで検索を始める。

ヘアサロン、格安、新橋。当日予約。

美容院だけは行っておきたかった。シャンプー配りではまったく気にならなかったが、絵画展の仕事をやっていると、自分の髪にツヤがないことに気づいていたたまれなかった。

バッグの中には今日ツカモトアドからもらった封筒と、昨日とおとといの絵画展の分の現金が手つかずで入っている。このお金を銀行に入れれば、カード支払い分の額になるはずだ。何度も電卓を叩いたから確かである。ついに達成したのだ。

あすみはあと二日、引き落とし日までにアルバイトをいれている。絵画展が一日、シャンプー配りが一日。カードの引き落としはその次の日である。

二日分のアルバイト代は一万七千九百円。美容院とカフェへ行って、アイスを買ってもおつりがくる。この二週間で初めての余裕だ。

あすみはスマホのスケジュール帳を眺め、よくやったと自分を誉める。

昔なら今日の段階でアルバイトをやめていた。さらに二日分も入れるとか、我ながら偉い。美容院へ行くのはそんな自分へのご褒美だと思った。

スマホでちょうどいい美容院のクーポンがみつかった。今からなら夜には終わる。

あすみは予約のボタンを押した。


「な……ん……で……」

あすみは銀行のATMの前で、かすれた声でうめいた。

十一月十日の日曜日、通帳の残高は八万四千二百五十三円。封筒の現金をすべて入金したあとでこの数字である。

足りない……五千円足りない……。

そんなバカな。

財布を開け、中に入っている生活費分の千円札を二枚と、予備に畳んでカード入れに入れていた一枚も投入した。

それでも二千円足りない。

あすみはけんめいに考え、計算する。

三週間前にカードの明細が届いてから、毎日、頭の中でやってきたことである。

最後の通帳記入が倉庫整理の三日目だった。一万円を入金して、その時点で残高は六万二千二百五十三円だった。

それから絵画展を三回、シャンプーを二回。その現金は今日もらった八千円も含めて、封筒ごと持ってきた。銀行に入れるまえにちょっと数えたら、千円札は二十枚あった。

そのときにもちょっと、いやな感じはしたんだけれども。

だから……これは……八万四千二百五十三円という数字は……正しい……のか……？

「――いいですか」

混乱して立ち尽くしていたら、並んでいた後ろの人が声をかけてきた。あすみはすみません、と挨拶をして、慌ててそこから離れる。

でもでもだって。

倉庫整理のあとの絵画展を二回、シャンプー配りを一回やった時点で、お金は貯まったはずだったのだ。

絵画展が一回九千九百円、シャンプー配りが八千円だから、合計二万七千八百円。六万二千二百五十三円と足せば九万五十三円。ほら、どう考えても計算が合う。

その後さらに二日もアルバイトをしたんだから、足りないはずがないのだ。

社内見学の前日は準備があり、社内見学の日は午後が空いたから久しぶりにウインドウショッピングをしたりして、入金しそこねていた。絵画展の日は夜遅いし、どうせまとめて入れるのなら、今日のシャンプー配りの後でいいやと思っていた。

使った——といえば、美容院へ行ったことくらいである。スイカにも千円入れた。次の日に品川へ行く必要があったからだ。

ああそうだ、ウインドウショッピングをしたときにカフェに入ったんだった。とても素敵な個人経営のカフェで、入らずにはいられなかった。これから品川方面に通うからには、環境を観察するのも必要だと思った。カフェオレとセットの手作りシフォンケーキはとてもおいしかった。

それから——帰りにドラッグストアに寄って、化粧品を買った。化粧水がなくなったから。肌は大事だから。あすみは絵画展のバイト仲間に、いい家のお嬢さんだと思われているみたいだったから。これも必要経費である。

ついでにトイレットペーパーと日焼け止めとリップクリームも買った。せっかく髪をきれいにしたんだからとトリートメントも買った。スーパーに寄って、お菓子とヨーグルトと冷凍の唐揚げと新しいペットボトルも買った。百円ショップでお弁当用のフォークを買った。上野の高いランチを食べず、お徳用の唐揚げでお弁当を作るあたしって偉いと思った。

それから——。

二日分もアルバイト代に余裕があるんだから、まだ大丈夫だと思って……。

あれいくらだったっけ……。

いつのまにか電車に乗っていた。ごとんごとん、という電車の振動がやけに大きく感じる。

ポケットに何か固いものがある、と思ったら万年筆だった。通帳と家計簿と万年筆は、いつもワンセットにしている。

家計簿は少しさぼっていた。この三日ほどだけ。絵画展は夜遅いし、社内見学の日は久しぶりにおしゃれをして外を歩いたのが嬉しくて、つける気になれなかったのだ。

もうお金は貯まっていたから、あとでいいだろうと思って。まとめて通帳に入れて、最後にいくら残るのか、楽しみにしようと思って。

——二千円。

二千円くらいならなんとかならないだろうか。夕方から働ける仕事があるかもしれない。

あすみは思いついて検索をしてみた。店に面接に行くだけでお金をもらえるというものがあったが、サイトの写真が下着姿の女性だった。

これはダメだ。よくわからないけどダメ。そもそも今日の下着はダメなやつだ。

フリマアプリにアクセスしてみたが、太鼓もヨガマットも売れていなかった。売れたところで今日中にお金が入るわけでもない。家にあるお金はすべてかき集め終わっているし、バッグを売ろうにもどうしたらいいのかわからない。

どうすれば――。

ぐるぐると考えていたら、スマホが鳴った。

あすみはすがるような気持ちでスマホをとる。

あすみ、ただいま！　仁子だよ
やっと帰ってきた～！
楽しかったよ！
あすみはどう？　来週くらいに会わない？

お帰りなさい！　よかったね！
来週大丈夫だよ
ちょっと今手が離せないから、また連絡するね

ＬＩＮＥを返しながら、ふと、仁子にお金を借りようかと考えた。

二千円なら貸してくれるだろう。今取りに行って銀行に入れれば間に合う。

しかしできなかった。仁子は長い旅行から帰ってきて、疲れているけど楽しい時間を過ごしている。こんなときに借金なんて申し込めない。仁子は優秀で努力家でいい子なんだから、幸せでいる権利がある。あすみと違って。

電車の壁、目の前に大きな広告があるのが目に入った。有名な消費者金融の広告である。

お金を借りて、カードのお金を返してどうするのだ。

そういうことをしたくなかったから働いてきたのに。

美容院がいけなかったのか。カフェなんて行ってはいけなかったのか。交通費とランチ代のかかる絵画展をやめて、もっと倉庫整理をするべきだったか。それとも、社内見学を後の日程にすればよかったのか。

わからない。

……カードのお金が落ちなかったら、どうなるんだろう。

あすみは広告を見つめながら、ぼんやりと考える。

カードは捨ててしまっているから、使えなくなってもダメージはない。スマホだけは止められると困るけれども、すぐではないだろう。

……あたし、なんであんなに一生懸命になっていたんだろう……。

ポケットに手を入れると、指先が万年筆に触れた。

万年モンブラン筆太郎。この半月、こいつと共に生きてきた。

筆太郎を買ったことを後悔したくなかった。ネットフリマにバッグと服は出しても、筆太郎は出したくないと思った。

カード会社は待ってくれるだろう、とあすみは考えた。

連絡が来たら説明する。そのときには派遣の会社も決まっているかもしれない。連絡が来なくても、デパートのカードカウンターに行けばリボ払いに変更できるだろう。きっと、そんなに珍しいことじゃない。ついでにカードを再発行してもらおう。

――やるだけやった。あたしは戦った。

駅についた。

あすみは電車から降り、改札口を抜ける。

ゆっくりと歩いてマンションに向かいながら、あすみはこの半月のことを思い出す。

三つも仕事を掛け持ちして、毎日働いた。

特売日に野菜を買うことを覚えた。ネットフリマも始めたし、表計算の講座にも通った。これまで作ったことのないお菓子も、お弁当も手作りした。ミルキーという変わった友達ができた。

頑張ったと思う。会社員だったときの全部を合わせたくらいの頑張りである。昔だったら考えられなかった。

だが無理だった。無職なのに、生活費も交通費もないのに、半月で八万九千百四十円なんて達成できるわけがなかった。もう一歩というところまで来られたのが奇跡である。

——もういいや。

家賃九万二千円のマンションを見上げながら、あすみは思う。

少し休もう。また働かなきゃならないだろうけど、明日だけは何も考えないで、漫画でも読んで寝転がっていよう。

確かクロゼットの片隅に、理空也が急に読みたくなって買った、長編漫画の全巻があるはずである。

部屋の前まで来ていた。ドアを開けようとしたあすみの手が、ぴたりと止まった。

あすみはドアを開いた。

トレッキングシューズを脱ぐのももどかしく、部屋に入り、クロゼットに向かう。

クロゼットを全開にすると、すみのほうに大手のネット通販会社のダンボール箱があった。

あすみは震える手でダンボールを引っ張りだし、開いた。

ほぼ新品の長編漫画のほかに、数巻ずつの漫画と、CDが数枚。哲学と経済と経営の本らしきハードカバー。「四季報の読み方」「CEOが語る経営の極意」「やってみたらできた～年収三百万円の男がカフェを開くまで～」「世界のバーとカクテル」「一流ホストが語る、女を落とすための男の心得」。

続けて反対側のクロゼットをあさる。トレッキング用のリュックサックが見つかった。

あすみはクロゼットの前に座り込み、ハードカバーの本と漫画を大きい順に、リュックサックに詰めていった。

CDはポケットに入れた。リュックサックは大きくて、上のほうにまだ隙間がある。

あすみはベッドサイドの本棚に向かった。理空也の文庫本が並んでいる。ヘッセ、フィッツジェラルド、ロス・マクドナルド、スティーヴン・キング。理空也は読書家だった。

文庫本と、漫画をクロゼットにしまい、本棚にはこういう本を並べるのである。

あすみの少女漫画と映画の原作小説を入れると、リュックサックはいっぱいになった。

傷まないようにすみのほうにタオルを詰め、ファスナーを締める。

リュックを背負うまえに、あすみはスマホで検索した。

古本屋　買い取り

いちばん近い古書店は、二駅離れた駅の近くらしい。

リュックは持ち上げるには重すぎた。ずるずると玄関先まで引っ張って行く。座ってトレッキングシューズを履いてから背負い、気合いを入れて立ち上がる。

初めて、正しい場面でトレッキングシューズを履いたと思った。

あすみはドアを開け、リュックをゆすりあげて、歩き出した。

銀行から出たら、空が暗くなっていた。

古本の売り上げは全部で六千円と少しだった。ほとんどの本は十円だの五十円だのだったが、長編漫画がセット価格で高めだったのと、封を切っていないCDと千円で売れたハードカバーの写真集があって助かった。オスカー・ピーターソン・トリオと「世界のバーとカクテル」に感謝しなくてはならない。

銀行口座に三千円入れると、残高は九万二百五十三円になった。

明日、カードのお金は明細通りに落ちる。

——あたしは勝った。

あすみは空っぽになったリュックサックを背負い、達成感に満たされながら、夕暮れの住宅地を歩く。

歩きながらスマホを確認したら、ネットフリマにコメントがついているのに気づいた。太鼓を三千円で出品したのだが、二千五百円にならないかとある。ヨガマットにもいいねがついていて、売れそうな雰囲気である。

ＯＫですと返信をし、あすみはスマホをコートのポケットに入れる。

矢野からの連絡はなかった。きっと決まっても決まらなくても、頑張りましょうと言うのだろう。言われなくてもそうするしかない。

明日は休むけれど、アルバイトはもう少し続けようと思った。仁子と会うときにおいしいものを食べたいし、ミルキーにお金を返さなくてはならない。中断していた家計簿も再開しよう。

帰りにコンビニで、アイスを買おう。

自分へのご褒美である。お金を気にしないで、いちばんおいしそうなやつを。

駅の近くで男性がティッシュを配っていた。彼の目にあすみはどう映っているのだろうか。

ティッシュを受け取りながら、あすみは空を見上げる。夕暮れと夜の間の時間に、星がひとつ光っている。

あすみの戦いは終わっていない。まだまだこれからである。始まってもいないような気もするが、きっと気のせいである。

収入

シャンプー配り　8000円×7日＝56000円
倉庫整理　10000円×3日＝30000円
絵画展の監視員　1100円×9時間×3日＝29700円
ミルキーからのお寿司代　3000円
古本屋売り上げ　6120円

合計　124820円

支出

カード引き落とし　89140円
（内訳）
モンブラン万年筆　65880円
和紙レターセット　700円
スーパー＆百貨店　3984円
米　2000円
マスカラ　2160円
スマホ（2台）　14416円

スイカ代　12000円
カフェオレとシフォンケーキセット　1320円
お寿司代　2640円
カフェオレ代　346円
美容院　4620円
ドラッグストア　5000円くらい？
スーパー　3000円くらい？
百円ショップ　800円くらい？
その他　不明

3 迷宮の扉

「あすみはねー、彼氏と別れたばかりなんですよ。京日カーボンを寿退社までしたのにね」

あすみのとなりで、菜々花が話している。

渋谷の駅から少し離れたところにある、うす暗いスペイン料理の店だ。菜々花はさっきからひとりで喋っている。男性のいる席でお酒を飲むとおしゃべりになるのである。

といっても、あすみは菜々花のことをあまり知らない。ふたりで遊んだこともない。知っているのは父親がどこかの会社の偉い人で、東京の実家に住み、給料を全額小遣いにしていることくらいである。

会社員時代に知り合ったのだが、同じ会社ではない。あすみが婚約したと知ったときはおめでとうとＬＩＮＥをくれたが、ふられたときに連絡をしたら返信がなかった。

今日、合コンに誘ってくれたのは、たまたま会ったのが、あすみが小綺麗にしているときだったからである。

「じゃあ、あすみちゃん、今は無職なの？」

目の前の八城とかいう男が尋ねた。

男性は三人いるのだが、いちばん顔のいい会社員である。会社の名前は七つ丸商事。大手総合商社である。

「この間、絵画展で受付していたよね」

菜々花がすかさず口をはさんだ。

あすみはスパークリングワインのグラスを置き、軽くうなずく。

「はい。破談になったので、気持ちが立て直せなくて。そんなときに知り合いから絵画展の受付をお願いされたので、今はそっちのお手伝いをしながら将来について考えているところです」

「ゆっくり就職活動してる感じ？」

「そうですね。幸い、助けてくれる人がたくさんいるのでなんとかなっています」

「実家には帰らないの？」

「両親はそう言うんですが、東京で暮らしたいという気持ちが強くて」

「あすみちゃんならすぐに仕事見つかりそうだよね。俺の部下として雇いたいくらい」

口をはさんだのは、八城のとなりにいる小太りの男性である。彼も名前の知れたメーカーの社員だ。

菜々花が合コンに呼ぶのは大企業の正社員か公務員だけである。たとえ社長であっても自営業はダメで、例外は医者のみだ。

「いいですね。わたし、一生懸命働きます」

じゃあ雇えよ、今すぐ雇ってくれよと言いたい気持ちをこらえながら言った。二十八歳、会社生活を五年も続けていれば、男性のいる飲み会でのたしなみは心得ている。

まして今日の会費は二千円。あとは男性が払ってくれると菜々花は言っていた。さもなければ来ない、いや来られない。あすみは求職中の日雇い労働者である。派遣会社に登録はしたが、派遣先は決まっていない。

今日来たのはネットフリマでバッグとエスプレッソマシンがいい値で売れたからだ。太鼓とヨガマットとテニスラケットとフォトスタンドと、タグがついたままのベリーダンスのウエアも売れた。アルバイト代を足せば次の家賃と光熱費が払えることが確定し、ひとまずは安心している。

新しい彼氏を作る気持ちにはまだなれないが、素敵な店で、おしゃれをしてみんなで話すのは楽しい。いつもならあすみは引き立て役なのだが、今日はなぜかいつもよりもちやほやされている。

「焦る必要はないけど、就職はきちんとしたほうがいいですよ。藤本さんみたいなきれいな人で、ひとり暮らしならなおさら。いろんな誘惑が多いでしょう」

もうひとりの四角い顔をした男が言った。彼は公務員である。男性三人は学生時代の友達らしい。

「いえそんな」

「前の彼氏と、なんで別れたんだっけ？」

菜々花があすみの言葉を遮った。

菜々花はさきほどから、あすみにやたらと前の彼氏の話をさせたがっている。

「いろいろあって」

「浮気？」

「――内緒」

「自営業の人だったんだよね。バーのマスターだっけ？　経営者？」

あいまいに微笑（ほほえ）んでいたら、ラム肉のチョップが来た。

あすみの胸が高鳴る。真っ先に食べたいと思って注文したのである。今日は飲み会があるから、絵画展でのお弁当も小さめにしていたくらいだ。

あすみは男性たちの話を聞きながら、さりげなくラム肉を切り分け、口に入れた。

おいしい……。涙が出るほどおいしい。

スペイン風オムレツももちろんおいしかったが、卵には飽きている。今日はできるだけ高級そうな肉と魚を食べるぞと決めていた。

そういえばどこかで、女性は無料（ただ）でいい居酒屋の話を聞いたことがある。居合わせた男性が出してくれるらしい。

今度、肉が食べたくなったらそういう店を探してみようと思う。適当に話を合わせるだけでトンカツだのハンバーグだのを食べさせてくれるのならいくらでもやる。

しかし交通費がかかるか。絵画展だったらいいが、シャンプー配りのあとなら無理かもしれない。お金を出してもらうなら、それなりにおしゃれをするのは礼儀だろうし。今日のように。

「まあさ、過去のことはいいじゃない。今はあすみちゃんはフリーなんだし。会社を辞めちゃったのは惜しかったけど、なんならほかの男とパッと結婚したっていいんじゃない」

上の空で話を聞きながら肉を味わっていたら、八城が言った。

「そうなればいいんですけど、その前に就職だけはしておかないと」

「どうして。どうせ結婚するのなら、無理に働かなくてもいいじゃない」

「そういうの古いですよ。八城さんて、そういう考えの人なんですか？」

「――わたし、ちょっと外の空気吸ってきますね」

間にもうひとりの女性が割って入ったところで、あすみは席をたった。

肉を食べ終わったというのもあるが、女性ふたりの目が厳しいことに気づいたのである。

今日の飲み会に声がかかったのは偶然である。もうひとりの女性は菜々花の友人らしいが、話題を広げるのが苦手なようだ。

一週間ほど前、菜々花が母親と連れだってあすみのアルバイト先である絵画展へ来たのだ。

あすみは受付の担当だった。菜々花の母親が名前を書いているときにお互いに気づき、無難な挨拶(あいさつ)を交わしていたら、となりにいた田島が、あすみさんは自慢のお友達ですよねと誉(ほ)めちぎってくれたのだ。

田島は見るからに育ちの良い既婚者で、著名な画家とも知り合いのようだ。菜々花はあすみを見直したらしく、その日の晩にＬＩＮＥが来た。男性三人から飲み会に誘われていて、女性がひとり足りないので来ないか、という。ちょうどバッグとベリーダンスのウエアが売れ、いい気分で発送作業をしていたときだった。あすみは了承した。

とはいえ主体は菜々花たちである。今日はおいしいものを食べ、久しぶりの女子気分を楽しむだけと決めている。

洗面所で口紅を塗り直していると、うしろから菜々花が入ってきた。

並んでポーチを開け、コンパクトを取り出しながら言う。

「あすみ、お願いがあるんだけど」

席にいたときとはまったく違う、低い声で菜々花は言った。

「何」

あすみは言った。面倒なことになったと思う。菜々花は少しわがままで、自分が座の中心にいないと我慢できない。だからあすみは席をはずしたのだ。

「今日、福田さんが誘ってくるかもしれないと思うんだよね。ふたりになろうって言われたら、あたしも合流させてくれない？」

菜々花が下手に出るとは意外だった。

あすみは鏡越しに菜々花を見た。菜々花は小鼻のあたりに念入りにパウダーをすりこんでいる。

「八城さんじゃなくて？」

「あれはダメ。商社マンて軽いし、どこに行かされるかわかんないじゃん。福田さんは都庁でしょ。絶対に転勤ないから」

「誘ってくるかどうかわかんないよ」

「きたらの話」

「わかった。LINEするわ」

「よろしくね。また合コンあったら誘うから」

「あたし失業中だから、お金かからないのにして」

「わかった」

取引が成立した。トイレが空いたので菜々花が入っていき、あすみは洗面所の外に出る。

出たところに八城がいた。スマホを手に持ち、長身を黒い壁に寄りかからせて待っている。あすみを見つけると顔をあげた。

「――あすみちゃん、今日、このあと予定ある?」

八城はいきなり尋ねた。

馴れ馴れしい。断られることを想定していないようだ。

「どうかな。あるかも」

「LINE交換しない?」

「今スマホないから。あとでみんなでするんじゃないですか」

あすみは言った。

「せっかく追いかけてきたのに」

「ありがとうございます」

あすみと八城は一瞬、共犯者めいた笑顔を交わした。

こういうときに不快な表情を見せない男は好きである。こうしてみると八城は鼻筋の涼やかないい男だ。肘までまくりあげたワイシャツに、紺のネクタイが似合っている。

席へ戻ると、残りの三人、男性ふたりと女性ひとりがぽつぽつと話していた。あまり楽しくなさそうだ。あすみが席に戻るとほっとしたような雰囲気になった。

テーブルには、さきほどまでなかった白身魚のカルパッチョがほぼ手つかずで置いてある。

いそいそと新しい皿を取っていたら、公務員の福田と目が合った。あすみは皿を持ったまま、にっこりと笑った。


その日の晩、あすみは風呂上がりに体重計に乗り、まじまじと数字を見つめた。

四十七・八キロ。

……四キロも減っている。

しかもあれだけ飲んで食べたあとで。

高校を卒業して以来、いろんなことをやった。痩身エステ、ジム、ホットヨガ、シバム、ベリーダンス、ボルダリング、炭水化物抜きダイエット、赤身肉ダイエット、鶏(とり)ささみダイエット、各種ジュースやスムージー。続けているものはない。どんなに頑張っても五十キロの壁は破れなかった。

最後に計ったのは三か月前の夏だった。会社を辞めてからは体重どころではなかったし、体重計の電池が切れていたのでずっと計っていなかった。

どうりで今日はいつもと違うと思ったのだ。菜々花には開口一番、痩せたよねと言われたし、男性たちには眩しそうな目で見られた。自分でもワンピースがゆるくなり、顔まわりの肉がとれて化粧のりがよくなったと思った。

思い当たることはある。規則正しい生活と運動と食生活である。

電気代と交通費がもったいないので早寝早起き早歩き。遊ぶお金がないので、出かける先は図書館か公園。安いスーパーを探すのとアルバイトであちこちに行って、重いものを持って、昔に比べたら格段に体を動かしている。

ついでに言えばおやつ抜き。主食は米、おかずはもやしと豆腐と卵。飲み物は水。一日の摂取カロリー数はかなり少なくなっていると思う。

あと心労。おそらく理空也がいなくなった時点で二キロは減っている。

いったい、これまで試していたあまたのダイエットはなんだったのか。

化粧は手を抜いていたが日焼け止めだけは欠かさずつけていてよかった。髪がぺったんこになっても、シャンプー配りの制服に帽子がついていてよかった。

貧乏でもできる限りのことはしなければとあらためて思い、あすみは安い化粧水に浸したティッシュを顔にあてた。目と鼻の部分を手で破り、なるべく肌にしみこむように、床にぺたんと仰向けになる。

深夜である。酔いが残っていて気持ちがいい。

菜々花と福田はうまくいっているだろうか。

福田は菜々花の言った通り、会計を待っているときにさりげなく、これから飲み直そうかと誘ってきた。いいですよと返事をして、待ち合わせ場所に菜々花と一緒に行った。あとは三人で別の店へ行き、頃合を見計らってあすみだけ抜けて帰ってきた。

福田は少人数で話してみると説教くさくて、あすみの生き方、考え方を話させておいてから間違いを諭し、「正しい道」に導こうとする男だった。あからさまに誘ってきた八城のほうがまだマシだ。菜々花はよくあんなのと結婚したがるなと思う。

……多分、福田は、正しいのだろうけど。

あすみはバカだし、だいたいにおいて間違っていて。

そして世の中には、バカな女を導くのが大好きという人がいるのだ。助けてくれるわけではない、導くだけ。

今日の飲み会はまずまずだった。食事もお酒もおいしかった。菜々花以外は知らない人間だったが、みんな良識的でルックスもよかった。約束通り二千円をオーバーした分は男性が払ってくれた。八城と福田のふたりはあすみを気に入ったみたいだし、無職なのは四十七・八キロに免じて許してもらいたい。

結婚か……。

あすみは顔からティッシュをはがし、ついでに足や腕をマッサージしながら考える。

理空也が、フリーターだと打ち明けてくれればよかったのにと思う。どこかのタイミングで言ってくれれば、ふたりで助け合って暮らせたのではないか。理空也は料理上手だし、あすみは自分で思っていたよりも働き者だった。ひとりで頑張るよりもふたりで頑張るほうが楽に決まっている。

こんなことを仁子に話したら呆（あき）れられそうだ。

久しぶりに会ったとき、仁子は頑張ったねと感心していた。なんで最後にお金を遣っちゃうのと笑い、あすみを責めることはなかった。

福田はタイプではないが、八城とならば飲んでもよかったかもしれないとあすみは思った。説教をしてくることはなさそうだし、とりあえず顔はいい。

「――藤本さん、先日の尾形エンジニアリングさんのマッチングの件ですが、今回は残念なことに」

新橋の表計算講座のあとで、矢野が話しかけてきた。

尾形エンジニアリングは乗り物のエンジン部品を作る会社だった。株式会社ウエイブスエアほどおしゃれではなかったが、社員たちはてきぱきと動いて気持ちがよかった。

「ダメでしたか……」

「そうですね、ご縁がなかったです」

あすみはがっくりと肩を落とす。

第二希望の会社も落ちた。

最初に比べたら覚悟はあったがショックは残る。

シャンプー配りの予定をミルキーに頼んで行ったのに。これからは品川に通うことになるかと思って、品川女子の生態を確認するべくカフェにまで寄ったというのに。

やはりあれだろうか。部品名やファイルにやたら英語が多かったから。

英検四級では足りなかったか。英語のできる若い美女に負けたか。今度は英語を勉強しなければならないのか。

矢野がメールでなく、口頭でわざわざ教えに来てくれただけ親切なのかもしれない。

「わかりました。仕方ないです」

「こちらの力不足で申し訳ないです。それでですね、実は今日、藤本さんにぴったりの仕事が入ったんです。営業の者から聞いたばかりなので、検索システムのほうにはまわしていません。商社の営業事務の仕事です。場所は有楽町。時給は千五百五十円なので、少し低めなんですが」

「有楽町」

あすみはつぶやいた。

胸が高鳴った。あすみは昔から丸の内の周辺が好きだった。京日カーボンの本社も銀座にある。港区のほうがいいという同僚もいたが、初めて上京したときの東京駅の美しさが忘れられない。

給料がいくらになるのかはわからないが、この際少し低くてもいい。

「ただ正社員への登用制度がないんですよね。そこはご了承ください。残業はありますが断ることはできます。あと、代わる社員の方が産休に入られるのが年明けだそうで、お勤めするのは一月からになります。それでは遅すぎますか？」

「いえ、大丈夫です。ＯＫです。社内見学のほう、すすめてください」

あすみは言った。ためらっているうちに他の人にまわされたくない。

年内が自由になるなら逆にいいと思った。めいっぱいバイトができる。

「社内見学は先方からの希望はありません。もちろん藤本さんが希望すれば受けることができますが、わたしは受けなくてもいいと思います。これまでにも他の方を派遣していますが、大きな苦情が出たことはないので」

「えっ？　……社内見学……ないんですか？」

あすみは思わず聞き返した。

矢野はうなずいた。

「はい。今回の会社は、藤本さんがよければそのままエントリーできます」

「じゃあ――このまま、面接なしで就職できちゃうってことですか」

「面接ではありません、社内見学です。面接は禁じられておりますので」

矢野は言った。そこは譲れない一点らしい。

「やります！」

あすみは答えた。

社内見学がないと聞いてどっと肩の荷が下りた。

「ではメールを送っておきますね」

「はい！　ええと――あの、会社の名前、なんて言うんでしたっけ」

「七つ丸フーズ販売です。七つ丸商事さんの子会社で、評判のいい会社ですよ。お勤めするのは七つ丸商事生活産業部のサテライトオフィスになります」

矢野は言い慣れた様子で答えた。

七つ丸……七つ丸……。

どこかで聞いたことがあるような、と思った。

藤本さん、久しぶり。保坂(ほさか)です

去年、麻布でお食事をご一緒しましたよね。覚えていますか？
菜々花さんから話ききました。元気そうですね。痩せたんですって？
今日、目黒で食事会があるんだけど来ますか？

交通費は出ますか？

出ると思います
相手は社長ですから

行きます

写真送ってください。全身
細い人がいらしいです

あすみは自宅で念入りにドライヤーをかけていた。
菜々花は義理堅かった。あすみとの取引を覚えていたらしい。菜々花以上に疎遠だった知り合い——保坂から連絡が来た。

三十代の会社経営の女性だというだけで、下の名前は知らない。顔が広く、食事会のセッティングをするのが好きな女性らしい。

メールが来たのはシャンプー配りを終えて家へ向かっている最中だった。体重が減ったとわかったときに全身写真を自撮りしておいてよかった。あすみは電車の中で写真を送り、家につくなりシャワーを浴びて準備を始めた。

本当は美容院へ行きたいが、急なので行く時間がない。

こういった集まりに誘われるのは初めてではない。菜々花は固い職業以外の男性には見向きもしないが、結婚相手を探すのとは別に、お金のある男性たちとの食事会が好きな女性たちというのが一定数いる。

彼女たちはあちこちで男性たちと知り合い、人数を揃える必要があるときは、自分たちのネットワークの中で声をかけあって人員を補充している。

会社員だったとき保坂から、平日の夜の十時くらいに、今日これから来られる人は返信ください、というような一斉連絡を受けたこともあった。男性から、あとひとりかふたりくらい可愛い子いない？　とでも言われたのだろう。人脈とフットワークが大事なのは、日雇いのアルバイトと似ていなくもない。

あすみは三回ほど行ったことがある程度で、理空也と知り合った以降は行かなくなったのだが、普通の飲み会とはいろいろと違った。

それなりにきれいな女性でないと誘われないが、ドレスアップは必須。だいたいお金は払わなくていい。それどころか交通費が出る場合もある。

交通費は現金だったら一万円か二万円程度、無記名のタクシーチケットのときもある。きれいにして食事をするだけでもらえるのだからいいアルバイトといえる。

髪をゆるく巻き、新しいバッグに財布を詰めようと思ったら、バッグがなかった。ハイブランドのバッグは売ってしまっていた。手もとにあるものも出品中だから、使うのははばかられる。

あすみは手もちのバッグから三年ほど前に買ったノーブランドのショルダーバッグを選んだ。とっておきのコートとワンピースを着て、七センチヒールのパンプスを履く。手のこんだナチュラルメイクはお手のものだ。

あすみは女子の正装をして、目黒へ向かって歩き出した。


食事会は八時からだった。

集合場所は目黒郊外のマンションの地下にあるレストラン。もちろん表札はかかっていない。暗証番号を知っている人しか入れないシステムになっている。

男性三人、女性四人。巧みに月光が差し込むようになっている地下の窓辺で、和やかにフランス料理のフルコースを堪能する。

　パッと見たところ、男性は三十代後半か四十代といったところだった。ふたりは高級そうなスーツ、ひとりはラフなジャケット姿。ふたりは社長で、ひとりは金融関係の仕事をしているらしい。

　女性は保坂のほかに、モデルのように細いロングヘアの女性と、小柄でお喋りな女性がいる。保坂は会社経営をしているだけあってきぱきとして頼もしく、ロングヘアの女性はあまり喋らないが陶器の人形のように美しい。彼女たちはそれぞれが男性たちの専属のようにとなりに座り、上品にナイフとフォークを使っていた。

　小柄な女性はさほど美人ではなかったが話上手だった。ワインの銘柄をあてるクイズをしたときにぴたりと当て、男性からライターをもらっていた。

「誰かボールペン持ってない？」

　デザートのあとのコーヒーのときに、いちばん年上らしいスーツ姿の男性が尋ねた。ロングヘアの女性――ナナのために、名刺に個人的な携帯電話の番号を書こうとしていたのである。男性たちはポケットを押さえ、女性たちはバッグを探るしぐさをしたがすぐに出てこない。

「ありますよ」

　あすみはバッグを開き、筆太郎を取りだして渡した。

男性は名刺にさらさらと番号を書いた。ナナはにっこりと笑って名刺を受け取り、男性がつられたように笑い返す。さきほどから会話の中心はこのふたりだった。

「あの、万年筆、返してもらっていいですか」

新しい話題が始まる前に、あすみは急いで言った。

男性のコーヒーカップの横に、ぽつんと置かれて忘れられている筆太郎が気にかかってならなかったのである。

「え？　──ああ」

男性はほんの少しだけ不機嫌になり、黙って筆太郎をあすみに返すとナナとの会話に戻った。

「藤本さん、ネイルをされていないんですね」

コーヒーにミルクを入れていたら、隣に座っていた保坂があすみにささやいた。残りふたりの男性は、小柄な女性──マリに向かって話をしている。

肌寒い季節だというのに保坂はノースリーブのワンピースを着ていた。日焼けした二の腕がすんなりとしてきれいだった。あすみも半袖を着てくるべきだったかなと少し後悔する。

「ネイルしていたほうがよかったですか？」

「いいえ。ちょっと珍しかったから、気になっただけ。今日は急だったけど、来てくれてありがとう」

保坂は穏やかに言った。

ネイルサロンに最後に行ったのはいつだっただろうか。会社を辞めてからというもの、ネイルどころではなかった。最後は自分ではがし、爪切りで切った覚えがある。今日はせめてマニキュアくらい塗りたかったが、髪のセットと化粧をするのに手いっぱいで、そんな時間はなかった。

コーヒーを飲み終えると、会員制のバーに場所を移すことになった。一同はマンションの外に移動した。エントランスの前には二台のタクシーが待っている。保坂が呼んでいたようだ。

「マリちゃんと――ええと、藤本さんだっけ。ふたりはここでいいから」

万年筆を貸した男性から、なんでもないことのように言われた。

ナナと保坂は、あたりまえのように一台ずつのタクシーに乗り込んでいる。

あすみが言われた意味がわからずに立ち尽くしていると、男性はポケットから札入れを取りだした。

「素敵な夜をありがとう」

男性は二枚の一万円札をあすみとマリに渡し、保坂のタクシーに乗った。

タクシーのドアが閉まる前に、男性が保坂に話しかける声が聞こえた。

「藤本さんとマリちゃん帰るから。あとひとりかふたり、きれいめの女の子呼んでくれないかな?」

「はーい。ちょっと声かけてみるね。若い子のほうがいいかな。写真審査する?」

「全身写真でね。細い子で」

保坂はタクシーの中でスマホに向かっている。あすみとマリには目もくれない。タクシーのドアが閉まり、ふたりを残して発車した。


「二次審査に落ちちゃったね。まあ仕方ないか」

路上の街灯の下で、マリが言った。

マリはけろりとしていた。めいっぱい高い靴を履いても背が低い——正直にいってスタイルはあまりよくない。ふわふわしたコートは少しオーバーサイズのようだ。代わりに知識が豊富で、男性が専門的な話を始めても、さらりとついていけていた。

あすみは美女でも知識が豊富でもないが、愛想は悪くなかったと思う。素朴で素直でそこそこ可愛い女性要員。昔からのあすみの役割である。高嶺(たかね)の花の賢い美女よりも、あすみのような女性が好きだという男性は一定数いるものだ。

……と、思っていたのだが……。

写真を送ってOKが出た時点で合格したと思っていた。男性を楽しませる立場であることは自覚していたが、途中でもういいと言われるとは思わなかった。

「わたしタクシー呼びますけど、藤本さんも呼びます？」

マリがあっけらかんとした口調で言った。

「いいです……。なんかショック強いです、あたし」

あすみはつぶやいた。

素敵な夜をありがとうと言って、なめらかにお札を渡して、振り返りもせずにタクシーに乗り込んでいった男性の姿が記憶から去らない。保坂も当然のようにマリとあすみがいなくなることを受け入れていた。

彼らはあすみのどこが気に入らなかったのだろうか。万年筆がよくなかったか、ネイルがなかったからだろうか。思い当たるものといえばこのふたつしかない。

それとも、二十八歳という年齢では、ただ愛想がいいだけではダメなのか……。

「もしかして慣れていないですか？　こういうのしょっちゅうですよ？」

「マリさん、平気なんですか？」

あすみは言った。マリが傷ついていないのが不思議である。

マリは逆に、あすみが落ち込んでいるのがおかしいらしい。

「平気じゃないけど、いちいち落ち込んでたらこんな食事会来られませんよ。今日はあのふたりがきれいすぎたしね。これだけの時間で交通費もらえたからよかったです」

「交通費のために来ているんですか？」

言ってから自分に呆れた。交通費のために来たのはあすみである。食事をするだけで二万円もらえたのだからラッキーだし、マリを責めるようなことではない。

「それはあるでしょう。もちろんそれだけじゃなくて、人脈作りたいとか、いいワイン飲みたいとか、いろいろあるけど。あすみさんは違うんですか？」

「――そうですけど。なんだろ、ちょっとモヤモヤするというか」

「まあ最初はそうかもしれませんね。わたしもそうでした。あすみさん、わりと庶民的ですもんね」

マリは笑った。

「ああいう人たちとつきあうのって疲れるけど、楽しいですよ。自分のレベルが上がると思います。わたしは今回はここまでだったら、次はどうしたら上へ行けるんだろうって考えるんですよ。美人じゃないから特にね」

よくわからないが、自分は美人じゃないとさらりと言えるマリはすごいなと思った。

「なんだかゲームみたいですね」

「そうかもしれませんね。わたしからしたら、あすみさんが羨ましいです。かわいいし、スタイルもいいし。わたしには手に入らない武器を持ってると思う」

マリがモデルのような女性たちに混じって食事会に呼ばれるのはわかるような気がした。屈託がなくて楽しそうだ。食事会では何を話しても面白かった。

マリは大切そうにワインの銘柄当てクイズでゲットした金色のライターを握りしめている。バッグはB5の書類でも入りそうにない小さなものだ。

保坂さんともうひとりの女性もそうだった。仕事と兼用できるショルダーバッグを持っているのはあすみだけだ。高価で小さなバッグはレベルを上げるための装備だった。ノースリーブのワンピースや、よく手入れされた手足と同様に。

「成功している人のオーラってすごくないですか。話を聞くだけでも成長しますよ。モヤモヤなんてしてられない。――あ、タクシー来た。大塚まで行きますけど乗ります？」

「いえ」

あすみは首を振った。

マリが行ってしまったあと、あすみは駅へ向かって歩き出した。

ショックはマリのおかげで和らいだが、タクシーを呼ぶ気になれない。

二万円はありがたい。ラッキーと喜んでいればすむのはわかっているのだが、どうにも居心地が悪い。マリのように割り切る気持ちになれない。

シャンプー配りだったら三日、心を無にして働く倉庫整理の二日分と同じお金が、食事をするだけで手に入った。

カードのお金を返そうとして、必死になってアルバイトをしたあすみがバカだったのだろうか。

最初から彼らと知り合いになって、うまく甘えればあれくらいのお金はぽんと出してくれたのかもしれない。逃げる前の理空也が、なんでも簡単に出すよと言っていたように。

バッグは売らず、ネイルサロンに通って、美容にお金をかけて、こちら側にシフトすればいいのだろうか。やろうと思えばできないことはないと思う。

それとも菜々花のように、たとえ金持ちでも自営はダメと言って、公務員の男を探せばいいのか……。妹の未来子のように、地元で就職して結婚してさっさと子どもを産んで、産休育休をもらって育てればいいのか……。

それとも仁子のように……。

もう何がバカなのか、どうするのがいちばん利口なのかわからない。

わかっているのは、自分が苛立っている、機嫌が悪いということだった。日雇いの倉庫整理のあとですら、こんな気持ちにはならなかった。

会社員だったとき、こういう食事会に三回出席したときのことをあすみは思い出した。

なぜ三回で辞めたのか。そのときもこれに似た気分になったのではなかったか。あのときはこんなふうに審査に落ちてはいなかったけれども。

よくない気分を晴らそうとして、ふらりと入ったバーで、理空也に出会ったのだ。

あなたは情熱を持て余しているのでしょう。本当に欲しいものがわからないのでは？　と理空也は言った。少年のような黒い瞳で。

駅へ向かって歩いているのに、スマホの地図を見ると駅から遠ざかっていた。なぜなのか。不思議でならない。今日のヒールが高すぎたせいだろうか。

ワインをすすめられるままに飲み過ぎたようだ。それほど酔っていないと思ったのに、歩いているうちにまわってきたのか、足もとがふらついてきた。タクシーを呼ぶのも面倒だった。明日もシャンプー配りが入っているが、とてもできない。

あすみは道ばたでスマホを取り出し、ＬＩＮＥを打った。

ミルキー、あすみです
明日のシャンプー配り、代わってくれないかな

もう飲み過ぎて最悪、死にそう。吐きそう

いーよ
代わるから死ぬのはやめなよ

いや無理
いま目黒なの。これから帰るの面倒くさすぎる
女子に向いてないかも、あたし

向いてないっていったって、女子じゃん

明日の場所をＬＩＮＥしながら、あすみはミルキーを好きだと思う。

何につけても面倒くさくない。正しい道を行くことより、面倒じゃないことがミルキーの生き方の最優先事項だと思う。

ミルキーはかわいいバッグを欲しいとか、おしゃれなカフェに行きたいとか、ネイルをしたいとかないのかな……。

あと、みんなに自慢できる彼氏と職場がほしいとか。結婚したいとか。

成功している人と話して、オーラを浴びて、自分のレベルを上げたいとか。

なさそうだな。

何かにチャレンジするのがしんどいのなら、欲しがるのをやめて、チャレンジを放棄するという道もある。そうできたら楽だろう。

歩きながらスマホを見ていたら、LINEにもうひとり、新しい名前があるのに気づいた。

八城豊加(ゆたか)、とある。

誰だっけと考えて、思い当たる。

先日の飲み会で会った、馴れ馴れしい長身イケメンだ。あれからLINEが来て、適当に挨拶だけ返したのだが、昨日だかおとといだかにもう一回来たのだった。今度食事しませんか、とちょっとあらたまっていた。

……そうだ、こいつがいた。

あすみは少しほっとする。

別に好きではないが、自分に言い寄ってくる男がいるというのは気持ちがいい。

先日の飲み会であすみは人気者だったではないか。ふたりの男に誘われて、菜々花が下手に出てくるほどだった。

今日の食事会は特殊である。あすみは別に社長狙いでもないし、四キロも痩せたし、バッグは手放したけど服はまだたくさんあるし、きちんとヘアメイクしたら我ながら可愛い。まだまだいける。

少しだけ自信を取り戻す。時間があったらねと返していたら、LINEが鳴った。

あすみちゃん、大丈夫？

LINEの名前には、「りかママ」とあった。

少し考えて思い当たる。日雇いのアルバイト仲間、深谷だ。

そういえば深谷は目黒に住んでいると言っていた。

「すみません、夜遅くに……。泊めてもらうつもりはなかったんですけど……」

あすみは深谷の家にいた。

酔いは半分くらい抜けている。アルバイト場所でしか会ったことのない深谷のマンションに入って、お風呂と着るものまで借りておいて、泊まるつもりはなかったなどと言っても言い訳にしかならない。

「いいのよ、わたし夜型だから。ちょうど仕事が一段落ついたところだったの。ミルキーからLINEもらって何事かと思ったけど、連絡してよかったわ。あの時点であすみちゃん、迷子になってたわよ」

キッチンでお湯を沸かしながら、深谷は言った。

深谷は部屋着らしいボーダーのカットソーを着ている。あすみがたまたま見つけたコンビニまで車で迎えに来てくれたときもこの格好だった。

風呂を出たら、洗面所にはバスタオルとドライヤーと、洗濯したてらしいピンクのスエットの上下が置いてあった。

深谷とはあれから、絵画展のアルバイトで二回会った。いつどこにいても雰囲気が変わらない。穏やかで朗らかな女性である。絵画展では、あすみが名古屋のいい家のお嬢さんであるという田島の話をニコニコしながら聞いていた。

「はい……。精神的にも迷子といいますか……」

キッチンのカウンター越しに、あすみはぼそぼそと返す。

駅へ行くつもりが、反対方向へ向かって歩いていた。

どうりで道が暗くなっていくはずだ。深谷から、今どこなの？　と訊かれて初めて、ここはどこなんだろうと思った。酔いというのは恐ろしい。

アルバイトの紹介を受けたときも思ったが、深谷は世話焼きの体質らしい。

今日はうちに泊まっていきなさいと言われたとき、内心は嬉しかった。年上の女性に心配されるとついつい甘えてしまいたくなる。

「まあ、迷っている感じはあるわよね。今日は誰かと飲んでたの？」

「食事会……。高級な合コンみたいなやつです。交通費つきの」

「ああ、わかる。マンションの中にあるレストランとかバーでやるやつでしょう。おいしいし、楽しいわよね。あすみちゃん、ああいうのに参加するの？」

深谷があっさりと理解したので驚いた。

そういえば深谷は何をしている人なのだろう。

深谷は絵画展のアルバイトの人たちと仲がよく、一緒にいても違和感はなかった。それなりにいい家の奥様ということである。シャンプー配りのアルバイトのときもメイクをきちんとして、ラフだが清潔な服装をしていた。早朝でも眠そうにも無愛想にもならず、慣れていないアルバイト仲間にさりげなく声をかけていた。

マンションはファミリータイプのものだ。ソファーの代わりに大きなクッションが置かれたリビングも、カウンターのあるキッチンも、掃除が行き届いていた。インテリアは贅沢(ぜいたく)ではないが、居心地よくナチュラルに整えられている。

リビングのすみにはブロックと絵本などが入った箱が積み重ねられ、壁には幼児が描いた絵が、額に入った状態で飾られていた。

迎えに来てもらったとき、車の後部座席ではチャイルドシートに包まれた小さな女の子がうとうとしながら座っていた。彼女は今はとなりの部屋で眠っている。深谷が子どもを連れてくるとは思わなかったので、余計に申し訳なかった。

「あの、わたし、なんでもやるんで、言ってくれれば」

深谷が台所であれこれやっているので、あすみは立ち上がって近寄って行った。

「あらそう？　じゃコーヒー淹れてくれる？」

「はい。なんなら料理とかもします。お風呂、軽く洗っておきました」

「明日の朝、娘のお弁当作ってもらってもいい？」

「はい」

あすみは言った。お弁当は絵画展のアルバイトのたびに作っているので慣れた。

深谷はおかしそうに笑った。

「いい子よね、あすみちゃん。わたし、家に泊まりに来た人には家事させちゃうんだけど、お弁当作るって言う子は珍しいわよ。あすみちゃんもコーヒーでいい？　お茶のほうがいいかしら。わたし、これからもう少し仕事するつもりだから」

「コーヒーをいただきます。あたしがやりますよ」

深谷はキッチンを他人に使われるのがいやというタイプではないようだ。そうだったら、よく知らない人間を簡単に泊めたりしない。

「今日は、旦那さんはお留守なんですか？」

深谷の家のコーヒーはペーパーフィルターとドリッパーで淹れるタイプだった。コーヒーの淹れ方なら理空也から教わったのでお手のものである。フィルターにていねいにお湯を注ぎながら、あすみは尋ねた。

「夫はいないのよ。シングルマザーなの」

深谷があっさりと答え、あすみは慌てた。

「えと、離婚されたんですか」

「離婚はしてないわ」

「す、すみません！」

あすみはさらに慌てる。

離婚していないということは、別居か。死別か。どちらにしろいい話ではないはずである。

深谷は笑って手を振った。

「違う違う。結婚していないから離婚もしてないの」

「それって……。えと……。すみません……」

「こんなこと言われたら困っちゃうわよね」

深谷はコーヒーカップとマグカップをテーブルに運んだ。

あすみは椅子に座り、コーヒーを注いだ。そういえば最近は家でコーヒーを飲むことはなかった。コーヒー豆を切らしていたからだ。

「不倫ってわけじゃないのよ。妊娠がわかったけど、当時の彼氏と結婚したくなかったってだけ。でも三十代の後半だったから、諦める決心もつかなくて。姉がいるんだけど独身だから、この子を産まなかったら、両親は孫の顔を見ないことになるかもしれないんだなあ、なんて思っちゃって。それで産んだの」

マグカップを両手で包むようにしながら、深谷は言った。

「──よく決心しましたね。つまり──あの、生活とか……。まわりになんて言われるかとか」

あすみは言った。今のあすみにとっては切実な問題である。

「お金があったからね」

「お金があったんですか……」

あすみは思わずつぶやいた。

お金がある。簡単に言われたが、ものすごいことのように感じる。「まわりになんて言われるか」すら克服できてしまうとは。

「大事なことでしょう」

「……そうですね」

あすみはなぜお金がないのに会社を辞めてしまったのか。

「わたし、もとは銀行員なのよ。三年前——子どもが生まれる前まで。妊娠がわかってからこのマンションを買って、仕事辞めたの。予定よりは早まったけど、退職は前から考えていたのよね。銀行は面白かったけど、ずっと勤め続けるにはきつい仕事だったから」

「結婚しようとは思わなかったんですか」

深谷は首をかしげた。

「思わなかったなあ。もともと結婚願望はないのよ。当時の彼氏とは——うん、いろいろあるじゃない。この人じゃないなと思うことって。そのうち偉くなったら、まとめて養育費もらえないかな、くらいは思ってるけど、あてにはしてない。娘をとられることのほうがいやだから」

「お仕事は何をされているんですか？」

あすみはコーヒーに口をつけながら尋ねた。

深谷があすみと同じ、日雇いアルバイトの仕事だけということはないだろう。それでは生活していけない。あすみひとりでさえカツカツなのである。

生活水準はともかく、深谷にはキャリアウーマンらしい明快さがある。頭がいいのだ。その上でこんなに人あたりがいいのだから、仕事ができるのに違いない。仁子もそうだが、たまにこういう女性がいる。

「フリーランスのファイナンシャルプランナー。今はネットで受け付けてプランを作成するのと、保険会社や弁護士事務所からの委託が主だけどね。会社を辞める前から、準備はしていて」

「ファイナンシャルプランナーって……えーと……。家計簿つけたりとか？」

「家計簿、そうね。世帯ごとの家計簿のチェックみたいなもの。五年後、十年後、三十年後にどうなっていたいか。最終的にはどうやって死にたいか。世帯によって違うでしょ。

　そのために今後何をすればいいのか。相談に乗って、過去と未来の資産をテーブルに載せて、一緒にライフプランをたてる仕事」

「カウンセラーみたいな？」

「やってみたら、そういう側面もあると思った。カウンセラーであり、コーディネーターでもある。

　よくよく話を聞くと、お金の問題ではなくて、本人たちも気づいていない家庭や仕事の問題が浮き彫りになってくることがあるから。そういうときはしかるべき機関を紹介するわね。

　このマンションは事務所にもなると思って買ったんだけど、意外と在宅でなんとかなっちゃってるから、当分このままで行く予定。もうひとつ考えている仕事があって、本腰を入れるのは五年後くらいかな。わたし、自分のライフプランはたて終わってるのよ。もちろんイレギュラーが起こるだろうし、子どももいるから、その都度の変更は必要だけど」

……………。

なんか、あたし、なめてました。

あすみはコーヒーを飲みながら、意味なく深谷に謝りたくなる。

深谷はアルバイトをしている主婦ではなかった。仁子の上位版だった。あらゆる予定をたてているわりには結婚願望がないという、不思議なワーキングシングルマザーだった。

「深谷さん、だったら、どうして日雇いの仕事をしているんですか？」

あすみは尋ねた。

そんなにちゃんとした仕事があるのなら、なにもシャンプー配りや絵画展の見張りなんてすることはないのである。

深谷は笑った。笑うと目尻に皺がよって、一気に人なつこい顔になる。

「そうだなあ……。娘を姉と両親が見てくれるっていうのもあるし、空いている日がもったいないのもあるけど……わたし、人が好きなのよね、たぶん」

深谷はゆっくりとマグカップのコーヒーを飲んだ。

「いろんな人と会いたいのよ。ネットで依頼を受けると、まったくクライアントと会わないこともあるし、データの分析はできるんだけど、リアルな人の心を忘れてしまいそうになるの。知らないと現実的な想定ができないでしょ。ちなみにわたし、裁判の傍聴も好きなんだけど」

「変わっていますねぇ」

「姉にはよく言われるわよ。わたしにしたら、姉のほうがよっぽど変わってるんだけど。

銀行員だったころは、ちょっとした情報を知らなかったり、将来のプランを考えていなかったりする人が危なっかしくて仕方なかった。それでファイナンシャルプランナーになろうと思ったのよ。でも、今は、たくましいなあって思うこともある。本当にギリギリの瞬間が来たら、生き残るのは案外あっちのほうなんじゃないかって」

「んー、なんか、わかるような気がします」

あすみは言った。

考えすぎると身動きがとれなくなる。考えずに動くしかないときもある。

「あと、自分が今はわりと余裕があるから、困った人がいたら助けになれないかなってちょっと思ってる。いっぱいいっぱいのときは、誰にも相談できなくて、簡単に楽になれる方法に気づけなかったりするからね。わたしも苦しいときにまわりに助けられたから」

「あたし、深谷さんが紹介してくれた絵画展のアルバイトで助かりましたよ。あれでカードの引き落とし、間に合ったようなものです」

「間に合ったの？　よかったね」

「最後はギリギリでしたけど。あとネットフリマも始めました。バッグがけっこう高く売れました」

「万年筆は売らなかったの？」

「筆太郎は無理でした。あ、筆太郎って名前です。万年モンブラン筆太郎。毎日書いてたら、もはや手放すことは考えられなくなっちゃって」

「名前つけちゃったの？　ダメよそれ。名前つけたら絶対に売ったりできないわよ」

「でも筆太郎、可愛くないですか？」

あすみはバッグから筆太郎を取り出して深谷に見せた。

今日の食事会で、場を白けさせても守った筆太郎である。

深谷は手に取り、なんだかモンブラン筆太郎可愛くなってきた、もう絶対に手放せないと笑いながらつぶやいている。

掃除機の音で、目が覚めた。

あすみはうっすらと目を開け、掃除機の音が本物だと気づいて、あわてて布団をはねのけた。

「あらあすみちゃん、おはよう」

ダイニングのドアが開き、深谷が入ってきた。

「おはようございます！ 料理！ お弁当！」

あすみはリビングに敷いた布団から飛び起きながら叫んだ。なぜか今朝はお弁当を作らなければならないような気がしていた。

深谷は手にコードレスの掃除機を持っている。紺のカットソーとデニムの姿で、髪をひとつにくくり、軽くメイクまでしている。

「いいのいいの。昨日遅かったからね。布団畳んで顔洗って着替えて、朝ごはん作ってくれる？ パンと卵とトマトかなんか、台所にあるから。あとコーヒー」

「はい！」

「幼稚園が九時からなの。その前に一緒に出ましょう。わたし今日は外で面談があるから、ちょっと慌ただしいのよね」

昨夜はついつい話し込んでしまい、眠ったのは一時半だった。深谷はそのあとでさらに仕事をすると言っていた。超人なのか。今朝はいったい何時に起きたのだろう。

　キッチンに行くと少し使ったあとがあった。カウンターの上にはかわいいナプキンに包まれたお弁当がある。横に、パンと卵とハムとトマトがまとめて並べられていた。これを使って朝食を作れということなのだろう。

　少し頭が重かったが、食べられないほどではなかった。

　トースターにパンを入れる。以前ならあたふたしていただろうが、今は卵料理ならお手のものだ。

　バターをフライパンで溶かしていたら、ワンピースの裾をひっぱられた。

「ねー、おねえちゃん、どこからきたの？」

　引っ張ったのは、ぼさぼさの髪を肩まで垂らした幼女である。

「えーと……」

「里佳(りか)ちゃん、お料理の邪魔したらダメよ」

　深谷が掃除機をとめてやってくる。

「はい、ちゃんとご挨拶して」

　深谷が言うと、幼女はあすみを見つめ、ぴょこんと首をさげた。

「ふかたにりかです！」

「今いくつ？」

「さんさいです！」

「はいよくできました。お姉ちゃんはね、藤本あすみちゃん。ママのお友達」

「あすみちゃん、よろしくおねがいします！」

「じゃあ向こうでお着替えしようね」

深谷は里佳をリビングに連れて行く前に、あすみを見て困ったように笑った。

「ごめんなさいね、この子、お客さんが大好きなのよ」

「いい子ですねえ」

あすみは里佳の小さな背中に見とれながら言った。

「そう？　ありがと。みんなに可愛いって言われるの。わたしもそう思う。親バカでしょ」

深谷は照れたように笑った。

なんとか朝食を作り終わり、テーブルに並べる。

里佳はおとなしく椅子に座って待っている。髪をツインテールに結び、幼稚園の制服らしい服の上に、すっぽりとエプロンのような前掛けをかけている姿はとてもかわいらしい。深谷に似ていると思った。

「はい、いただきますして」

「いただきます！」

「あすみちゃん、仕事は？　しばらくはアルバイト？」

深谷が言った。普通に話しているのに、目がちらちらと里佳から離れない。里佳はプラスティックのカップに入った牛乳を飲んでいる。

「今、派遣会社に登録しているんですよ。すぐ決まると思ったら決まらなくて」

「正社員じゃなくていいの？」

「まずは生活を安定させることが先かなって」

「やりたいことは？　――って言ってもわかんないわよね。三年後にこうなっていたい状態ってある？」

「うーん……。そこはつっこまれると困るな……」

「考えたくないなら無理することはないけど」

三年後――三十一歳か。何をしているのかなんて想像もつかない。明日のことだってわからないくらいだ。

深谷のライフプラン作りというものは、こういうどうしようもない状態でも受け付けてくれるものなのだろうか。

思い切って相談してみようか迷っていたら、ピンポーン、とインターホンが鳴った。

「――あ、ごめん、姉だわ」

深谷はテーブルにあったスマホに目を落とした。

「お姉さん？」

「そう、人を泊めたら連絡することになってるの。昨日メールしたんだけど、確認しに来たんだわ。いやんなっちゃう」

「え、あの、あたしどうすれば」

「大丈夫大丈夫、そのままでいてくれればいいから。姉は心配性なの。弁護士だから」

ちょっと待て。あすみは慌てる。なんだそれ。いきなり弁護士登場とか。どんなエリート姉妹だ。心構えができてないぞ。

「だいじょうぶだいじょうぶ」

里佳がニコニコしながら言った。口もとにケチャップがついている。ティッシュで拭いてやっていたら、ドアが開いた。

「──こんにちは、深谷楓(かえで)です。深谷椿(つばき)の姉で、弁護士をしております。藤本あすみさんですか?」

黒のコート姿の女性が入ってきて、いきなり言った。

あすみは思わず立ち上がった。

深谷の姉と言われれば納得できる。よく似ている女性だった。深谷を数歳上にして、背を少し高くして、細身にして、きつい感じにしたらこうなりそうだ。

深谷の下の名前は椿というのか。初めて知った。

「はい。このたびは……。いきなりおじゃましまして……」

「こちらこそ、急にごめんなさいね、朝食中に。わたし、これから出勤なものだから」

楓はてきぱきとコートを脱ぎながら言った。

コートの下はグレーのパンツスーツだった。スーツの胸もとにはきらりと光る何か。これが弁護士バッジというやつか。

楓はコートを慣れた様子でカウンターのスツールに置き、あすみを見た。

「楓ちゃん、落ち着いて。コーヒー淹れるから」

「カフェイン抜きでお願い。——藤本さん、申し訳ないんですけど、ここにフルネームと住所と、携帯電話の番号を書いてくださいますか」

楓はバッグから手帳とペンを出し、ペンの蓋をとってあすみの前に置いた。

「フルネーム……ですか」

楓はあすみの前に立ち、ゆっくりと言った。

「藤本さんがどうこうというのではありません。この人、放っておくとホイホイ人を呼んだり泊まらせたりしちゃうので。小さい子どももいますし、名前だけは残すことにしているんです。うちの決まりです」

「あすみちゃんは大丈夫よ、楓ちゃん」

「椿はいつもそうなんだから――」

「あ、書きます書きます。そうですよね、いきなり泊めていただいて、こちらこそ失礼しました。助かりました」

姉妹喧嘩が始まる前に、あすみは慌てて割って入った。

名前を書いていると、カウンターの内側でふたりが話し合う声が聞こえてくる。

「――だから、何かあってからじゃ遅いんだから」

「そんなの少し話せばわかるわよ」

「椿は変な人を好きすぎ！　どんなに信用できそうであっても、ＬＩＮＥだけの知り合いを泊めるのはやめて」

「女の子が酔って知らない夜道をひとりで歩いているのに、見過ごすことなんてできる？」

……あすみにも妹がいるので、感覚はわかる。

あすみの場合は、しっかりものの妹に、自分のほうが叱られる側だったが。いくつになってもこういうのは変わらないようだ。

「けんかになっちゃったねえ」

いつのまにかとなりに来ていた里佳が言った。

母と伯母の姉妹喧嘩に慣れているのか、里佳はニコニコしながらあすみを見ている。椅子によじのぼろうとしているので、ひょいと抱きかかえて座らせてやると、そのまま従った。

人見知りをしないのは母親譲りだろうか。里佳からはミルクとバターの香りがする。

住所がうろ覚えだったのでスマホを取りだしていると、メールが来ていることに気づいた。派遣コーディネーターの矢野からである。

藤本あすみ様

七つ丸フーズ販売さんから正式な依頼が来ました。

藤本様のお気持ちにお変わりがないようでしたら、マッチングが成立いたします。

まず当社との契約が必要になりますので、来社できるご予定をお知らせください。

これからも頑張りましょう。お早めのご連絡をお待ちしています。

株式会社クロスキャリア　担当：矢野

「決まった！」

あすみは叫んだ。

二日酔いの名残りが、完全に吹っ飛んだ。

となりの里佳が目をぱちくりしてあすみを見る。

カウンターの内側の声が、ぴたりと止まった。

「あすみちゃん、何が決まったの？」

深谷が尋ねた。

「派遣で行く会社です。あたし、ずっと、派遣先を探してて」

あすみは言った。

「ずっと……。会社辞めちゃってから、派遣会社に登録して、すぐ決まると思っていたんだけど、決まらなくて。ふたつ断られて。もう、あたしはダメなんじゃないかって思ってたんだけど、ずっと、そう思っていたんですけど。きっと今回は、若い美女がいなかったから……。やっと……やっと……。丸の内で……」

「えっ何、今決まったの？　仕事？　わたし、もしかして、おめでたい場面に遭遇してる？」

うろたえたように楓が言った。

「はい！　たった今、あたし、仕事決まりました！」

目が潤む。こらえようと思っても、こみあげてくるものがある。日雇いアルバイトの日々が頭をかけめぐる。

楓が怖い弁護士だということはどうでもよくなっていた。誰でもいいから手を握りたい。

「そうなの、よかったじゃない！　言ったでしょ、楓ちゃん、あすみちゃん、頑張ってたのよ。うちでそんな連絡が来るなんて、わたしも嬉しいわ」

「なんなの、何泣いてるのよあなた、わたしってもしかして福の神？　ケーキくらい買ってくればよかったって話？」

深谷が早足でやってきて、あすみの手を握った。楓も喜んでいる。どうやら楓は見かけほどきつい性格ではないらしい。

「おめでとう！」

「おめでとう！」

「おめれとう！」

「ありがとうございます！」

今日まで名前もまともに知らなかったアルバイト仲間と、女性弁護士と、三歳の少女に、あすみは心から礼を言った。

窓から光が射していた。すがすがしい朝である。会社を辞めてからずっと抱いてきた心許なさ、落ち着かない感じがなくなっていた。ファストフードのぐらぐらした椅子から、カフェのソファー席に座りなおしたかのようだ。
勤め始めるのは先だが、もう無職ではない。
今日からあすみは派遣社員である。

収入

食事会の交通費　20000円

支出

合コン会費　2000円

体重　47.8kg！
平均歩数　　一日12754歩

派遣先決定！

やったー！

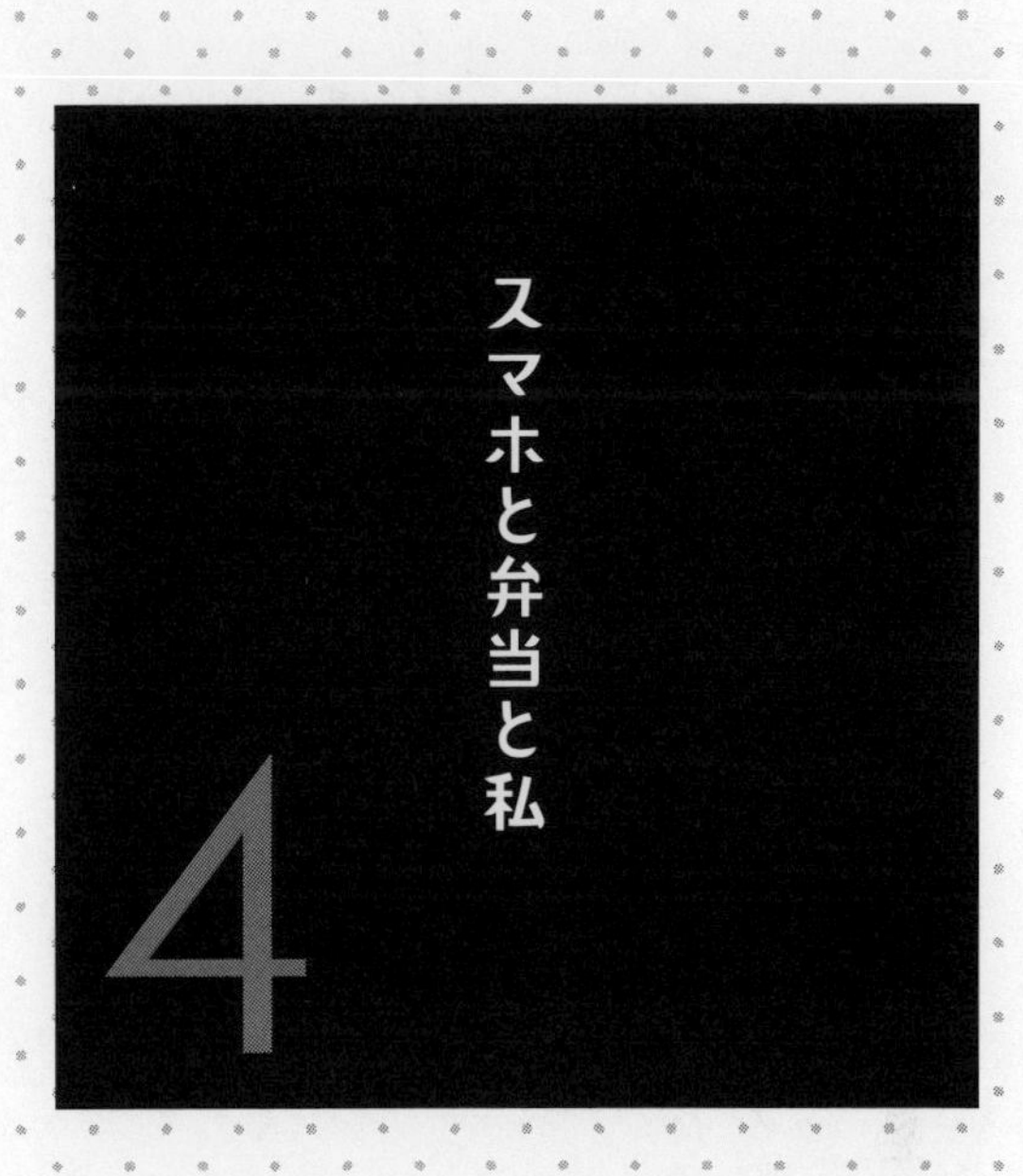

4

スマホと弁当と私

「藤本さん、東和田食品さんの見積書できてる？」

向かいの席の岡島が、受話器を手でふさいだ状態であすみに言った。

あすみはパソコンに手をおいたまま、顔をあげた。

「今作ってます。すみません！」

「先方が今日中に発注したいって言ってるんだけど。あと五分でできない？」

「すみません、もうすぐ……。あと三十分くらい……」

「三十分ね」

岡島は受話器から手を離し、あすみに向かったのとはうって変わった落ち着いた口調で言った。

「今作成中です。三十分後にファクスするということでよろしいですか？　はい、はい、大まかにはそれくらいになると思います。はい、送ったらお電話さしあげます」

三十分でできるだろうか。あすみはけんめいにパソコンの画面を見つめ、依頼のメモと単価表を照らし合わせながらエクセルに数字を打ち込んだ。

打ち込むだけなら簡単なのだが、見直さなくてはならないので五分では絶対に無理だ。安請け合いするのはやり直しになったことがあるので懲りている。あすみはテンキー正誤率九十九パーセントを誇る岡島とは違う。

東和田食品の見積書を受けたのは昨日だった。今日中なので余裕があると思っていたが、朝一番で新規の取引先から急ぎの発注があり、合間に問い合わせの電話が続いた。終わったところで営業部員からほかの見積書の修正依頼まで入り、その問い合わせを工場にして返事を待っていたら、ずるずると後回しになってしまった。

今日中というのは、今日の定時までという会社と、明日の朝までという会社がある。東和田食品は明日でもいいと思っていた。

「東和田の村瀬さん、これから用事があるみたいなの。もし出かけちゃってたら、今日は返事があるまで残業になるけどいい？」

岡島は電話を切るとあすみに尋ねた。

岡島は四十代の独身女性だ。体も声も大きくて、七つ丸フーズ販売水産事業部が扱う食品について何でも知っているベテラン社員だった。正式な上司というわけではないのだが、水産事業部では一番の古参で、課長よりも頼りになる。あすみは派遣されてからずっと岡島の下で仕事をしている。

「はい大丈夫です」

もう二時を回っている。この仕事は時間の過ぎるのが早い。お弁当を食べるのもそこそこに仕事をしていたのに、あっという間にこんな時間だ。

今日は残業になるかもしれないのか。あすみはプリントアウトした見積書に定規を当ててチェックをしながら時計を見る。

七つ丸フーズ販売に勤め始めてから、平日の夜に遊びの予定を入れられなくなった。

残業は断ってもいいのだが——同じオフィスでも、絶対に残業はやらないと決めている派遣仲間もいるのだが、あすみはそうではない。お金がないので率先して引き受けているうちに、残業をする派遣さん、ということで定着してしまった。

「岡島さん、見積書できました」

あすみはプリントアウトした見積書を岡島に渡した。

「サンキュ、見せて。——OK。ファクスしてくれます？　わたしが電話かけるから」

「はい」

「もしもし。七つ丸フーズ販売有楽町オフィス水産事業部第二課の岡島です。お世話になっておりま……あ、見積書届いてますか。OKですか？　でしたらすぐに発注かけますね。いいえ、とんでもございません。いつもありがとうございます」

岡島は電話を切ると椅子の背もたれに背中をもたれさせ、ふーっと息を吐いた。

有楽町オフィスのフロアは広くて、いくつかのデスクのかたまりに分かれている。

あすみのデスクの島にいるのは営業事務の女性が五人。そのうち派遣社員はあすみ含めて三人だ。

あすみと岡島以外の三人のうち、ひとりは目を血走らせてパソコンのテンキーを打ち、ふたりは真剣な表情でメモをとりながら電話をしている。

　営業部員は男性が多いが、彼らは全員外回り中だ。

「間に合いました？」

　あすみは岡島に声をかけた。

「うん、これから発注します。藤本さん、今日はもう急ぎの仕事はない？」

「たぶん。さっきほかの見積書の修正の電話もらったので、今日中に直します」

「北村（きたむら）のかあ。あいつ、自分で間違えておいて、しれっとこっちのミスみたいに言うからね。ヤツの依頼はメールで連絡もらったほうがいいですよ」

　岡島はマグカップのお茶をずずずと飲み、思い出したように付け加えた。

「藤本さん、今日ランチの時間に仕事していたでしょう。ちょっと休んだら？」

「いいんですか？」

「ＯＫＯＫ。派遣さんはお昼の分は休まないとね。藤本さんはとっかかりが早いんで助かってるのよ。営業くんたちが戻ってくる前に、カフェでも行ってきたら？　えーと、三十分くらい？　もうちょっとかな。三時十五分までに戻ってこられる？」

「はい、じゃ行ってきます」

　岡島は大雑把に見えるが、意外と心遣いが細やかだった。営業部員と事務社員が衝突したら、事務社員の味方になってくれる。

派遣コーディネーターの矢野が、この会社はやりやすい、評判がいいと言った理由がわかった。忙しいが人間関係は悪くない。派遣社員だからといって軽くみられることもない。あすみのほかにも派遣社員がたくさんいるので、扱いに慣れているようだ。

　思えば京日カーボンの受注管理の仕事は暇だった。仕事内容は今やっているものと似ているが、注文が来るのは一週間に数件程度。大手繊維メーカーなので頭を下げる必要もなく、書類は一日かけてゆっくりと作成すればよかった。

　暇なのはいいのだが、社内でぼんやりしている社員も多くて、やることがないときは見張られているようで息がつまった。

　七つ丸フーズ販売に勤め始めて三か月。仕事量が多いので、対応できなかったらどうしようと思ったが、なんとか慣れた。最初はパニックになっていたが、やっと岡島の指導なしでも見積書を作れるようになった。

　財布とスマホをコートのポケットに入れ、部屋を出ようとしたら電話が鳴った。

　電話をとったのは岡島ではなく、あすみの斜め向かいの席にいる黒川（くろかわ）である。

　あすみと目が合うと、黒川は受話器を耳にあてながら、いいから行って、とゼスチャーをした。黒川は絶対に残業はしない。昼食時間分はきっちりと休むと決めている、ドライな派遣社員である。

　岡島の気が変わらないうちに、あすみは素早く部屋を出た。

ビルの外は雑多にして優雅である。老舗の贅沢なレストランも、クラシックなカフェも、ファミレスも、ファストフードもある。

あすみは少し考えて、隣のビルのチェーン店のカフェに行くことにした。そこの黒糖ウインナーコーヒーが好きなのだ。会社員時代にはまって、一時は毎日のように飲んでいた。

昔と同じようにとはいかないが、ランチをお弁当にする代わり、こういうときはゆっくりとお茶を楽しみたい。

仕事を面白いとは思わないけれど、こういう時間がたまにあるのはいい。有楽町の有名商社でバリバリと働いている自分、という気分になれて誇らしい。


あすみはその日、徳用のシートパックをしながら、スマホに送られてきた給与明細を眺めた。

手取りで二十五万六千八百円。

京日カーボンにいたときよりも多い。

一月の中旬から働き始めて、給与明細をもらうのは三回目だが、これまでの最高額だ。

とはいえ交通費や家賃補助は出ない。年金と健康保険は差し引かれるが、そのほかはしっかり自分で管理しなくてはならない。

あすみは慣れ親しんだ筆太郎で、家計簿の収入欄に、256800、と書いた。ここから家賃と光熱費とスマホ代を差し引いて通帳に残し、残りが生活費である。

やっとここまで来た……。

あすみはしみじみと数字を眺め、去年の年末からの四か月を思い出す。

シャンプー配りのキャンペーンと絵画展のアルバイトは、両方とも十二月には終わってしまった。最初の給料が出るのは二月なので、一月の半ばまであすみは宅配便の仕分けをして働いた。その分は一月の家賃と光熱費と生活費で消えた。

派遣の仕事が始まると平日に働けなくなったが、絵画展のアルバイト仲間から、美術館の休日アルバイトの依頼があったので助かった。別のギャラリーで、今度は書道展の受付と見張りである。食事会でもらったお金は定期券を買う足しにした。名目通り交通費になったことになる。

それはそれで助かったものの、慣れない派遣の仕事と掛け持ちで、休みなしで働くのはきつかった。

二月の中旬ごろから朝起きるのが辛(つら)くなって、目の下に見たこともないような濃い隈(くま)ができた。もうダメだと思っていたら、失業保険の再就職手当が入ってきた。

再就職手当は、書道展で働いているときに深谷と会い、すすめられてなんとなく申請していたものだった。確定申告を三千円で深谷に丸投げにして、何だかわからないがいくらかお金が返ってくることも判明した。

再就職手当が振り込まれ、二月分の家賃と光熱費を確保できたときは力が抜けた。何度目かの危機を乗り越えたと思った。

二月二十五日――一回目の給料は一月の分なので、半月分しかなかった。

ここさえ乗り切ればと自分に言い聞かせながらせっせとお弁当を作り、ペットボトルに麦茶を詰め、卵と豆腐ともやしの生活を続けた。小麦粉と砂糖を安いときに買いだめして、スコーンも作った。お弁当代わりに書道展に持っていき、田島に少しあげたらおいしいと褒められた。

深谷にすすめられ、地域の広報誌の「売ります・譲ります」欄を通じて、電動機付自転車を格安で買った。残業で帰宅が遅くなりそうなときは駅まで自転車で通勤した。郊外に無人の野菜販売所を見つけた。重い米も買えるようになった。

お弁当のおかずは卵焼きと野菜炒めかおひたしが定番で、たまにスコーンである。それでもスマホ代とあれこれを払ったら生活費はギリギリになる。

ヘアケアとスキンケアにはホホバオイルを使い、タイツの穴はマニキュアで塞ぎ、お気に入りの靴が傷んだので、修理に出す代わりに瞬間接着剤で直した。バッグも靴も電化製品も、昔に比べたら格段にていねいに扱うようになった。なくなったら次がない。ドラッグストアのファンデーションは使ってみたら意外と悪くなかった。サイトで格安料理を見つけると、家計簿にレシピを書き付ける。もはや家計簿にはなんでも書く。スーパーの底値表やら、体重のグラフやら、見たい映画のテレビ放映の日やら。あすみ以外の人間が見ても意味がわからないだろうが、筆太郎の優雅な文字なので見栄えはする。と思うことにする。

派遣先では率先して残業を引き受けた。ツカモトアドでまた募集がかかっていたので、土日のうちどちらかで風船配りのアルバイトをすることにした。ミルキーと会い、三千円を返した。ミルキーは忘れていたが。

仁子と会ったとき、タイみやげのエコバッグをもらった。エコバッグはくれても食事代お茶代はけして出さない。それが仁子である。

三月二十五日——二回目の給料日。二月は短いので少なめだったが、家賃と光熱費を払っても生活費は残った。それでやっと休日のアルバイトをやめ、半額の肉を買い、チェーン店のカフェに行くこともできるようになった。

今回は三回目の給料日。

光熱費と家賃とスマホ代、そのほかあれこれをひいても、十万円くらいは余裕がありそうである。残業を頑張ったかいがあった。久しぶりに服を買えるかもしれない。

あすみはお気に入りのジェラートピケのルームウエアに身を包み、マグカップのお茶を飲みながら、家計簿の数字を眺める。

……十万円。

会社員の時代だったら、ぽんとカードで払ってしまっていた額である。

あのときも手取りは二十万円そこそこだったはずなのだが、どうしてそんなことができたのか。二十万円のバッグやら五万円のコートやらをどうして自分がもてたのか。どうして何もない日に二千円もするランチを食べていたのか。不思議で仕方がない。

月末にカツカツになるときはあったが、これほど切羽詰まってはいなかったと思う。お金がないならカードで買えばいい。残高が少なくても半年に一回はボーナスが振り込まれるし、なんなら男性に出してもらえばいいと思っていた。

今でも、これは夢なのではないかと思うことがある。

節約をしているからお金を足りなく感じるのであって、前と同じように適当に暮らしたら、それはそれでなんとかなるのではないか。

保坂からはもう一回、食事会の誘いがあったが断った。迷ったのだが、モヤモヤする気持ちのまま行くのは保坂にもマリにも相手の男性にも失礼である。

断りのメールを出しながら、あすみは不思議な気持ちになった。

自分は本来、働き者ではない。恋愛も服も遊ぶのも好きだ。誰かになんとかしてもらうほうが向いているはずだ。

　このまま保坂たち、マリたちの一員になる——というやりかたもあるはずなのに。

　それともまだ、理空也に未練があるのだろうか。

　理空也のことは諦めたほうがいい、というのは、頭ではわかっている。

　騙(だま)されたからではない。ふられたからだ。

　あすみは理空也の写真を眺め、なんとなくＬＩＮＥのアプリを開く。

　理空也とはまだつながっている。何度も何度もＬＩＮＥを送り、既読になっているのに返事がないだけだ。

　あすみは理空也のトークルームを閉じ、ＬＩＮＥの別の相手の場所を開いた。

八城豊加
独身。身長１８２㎝。
商社で働いています。

　八城のプロフィール写真は自撮りである。目だけを残して手で顔を隠しているが、それでも顔がいいというのはわかる。独身だの身長だの、要らない情報を書いているのも、いかにもという感じである。

こいつ、七つ丸商事の商社マンなんだよな……。

八城とは何度かやりとりをしたのだが、会ってはいない。最後のＬＩＮＥは二月だった。仕事を始めたばかりだから忙しすぎて無理、と、あすみが八城の誘いを断る形で終わっていた。

やりとりの印象は悪くなかった。話は面白いし、説教もしてこないし、飲み会で会ったときよりも礼儀正しかった。

となると逆に妙だった。誘ってくる理由がない。三十二歳の独身男で、七つ丸商事に勤めていて、容姿や性格に難がないのなら、女性に不自由はしないはずだ。あすみは高嶺の花といったタイプではないし、会った時点で無職だと言ってある。

多分あすみは八城にとって、便利そうな女。あわよくばの遊び相手なのだろう。

これまでにもそういう扱いをされたことはあった。酔っ払った男性に、あすみちゃんて、アイドルグループのすみのほうにいそうだよね、と、妙な褒められ方をしたこともある。つまり、そこそこ可愛いその他大勢、ということになるのだろうか。

二十八歳の彼氏のいない独身女性というので、甘く見られているのかもしれない。自分の会社で派遣社員として勤めていると知ったら、なおさらそうなるだろう。

……それでも、いいか。

あすみは八城に、元気？　とＬＩＮＥを打った。

遊びだろうとその他大勢だろうと、会ったら食事くらいごちそうしてくれるだろう。相席すれば無料(ただ)になる居酒屋へ行くのと同じだ。八城は馴(な)れ馴(な)れしいが、無理やり何かをすることはないと思う。

忘れられているなら仕方がない。無視されて傷つくほど八城のことを知っているわけでもない。

スマホの整理は定期的に必要である。返事が来なかったらアドレスを削除しようと思いながらキッチンへ行き、冷凍庫からアイスを出して戻ってきたら、LINEの返事が来ているのに気づいた。

八城からである。

しかも即レス。

もしかして、こいつは本当にあたしのことが好きなのか？　と、少し思った。


「――あすみちゃん、久しぶり」

池袋のカフェの窓際の席で、八城は時間通りに待っていた。

あすみは少し驚く。

理空也との待ち合わせにはあすみが先に来るのが普通だった。忙しい彼氏のいる自分がむしろ誇らしいような気持ちで、いつもあすみの方が待っていた。

休日の昼なので、八城はスーツを着ていなかった。やや着古したジーンズと、量販店のものらしいカジュアルなジャケットを着ている。それも意外だった。ブランドの服で身を固めているのかと思った。ラフだが顔とスタイルがいいので見劣りしない。椅子が小さいので長い脚を持て余している。

八城のとなりのテーブルにいる女性が、ちらりと目をあげてあすみを見た。

「早かったんですね」

あすみが言うと、八城は伝票をとりあげて立ち上がった。

「俺ね、早めにきて女の子待ってるのが好きなんだよ。遠くから全身が見えるだろ。頑張ってお化粧しておしゃれしてるの、俺のためだと思うと嬉(うれ)しいじゃん」

「それ、ほかの女の子の話だよね？」

「いや全部あすみちゃんの話。髪伸びたね」

八城は道に出るときにさりげなく車道側を歩いた。

女慣れしているなーと思うが嬉しい。背が高いので、横にいると守られているような感じがする。

「俺、今日、緊張したよ。あすみちゃん、ずーっと塩対応だから。絶対無理だと思ってた。ＬＩＮＥきて嬉しかったな」

こういうことをさらりと言えるのは、もてる男だからである。

「仕事が忙しくて必死だったの。最近やっと慣れてきたところ」

「頑張ってるね。営業事務だっけ？　仕事決まってよかった。今日はお祝いしよう」

「やったー。おいしいもの食べさせてくれる？」

「いいよ。あすみちゃんてお酒飲めたっけ。ワインとビールどっちが好き？」

「八城さんはどっちが好きなんですか？」

あ、なんだろうこれ。

あすみは思わぬ自分の気持ちに戸惑う。

会話がなめらかに弾む。けっこう楽しい。まるでつきあっているようだ。こういうのは久しぶりである。

「八城豊加……？　知らないなあ。七つ丸商事って人が多いですからね」

岡島は大きな唐揚げを頬張りながら、首をひねった。

昼である。水産事業部第二課は事務職員五人が二組に分かれて食事をとることになっている。お弁当組は空いている会議室で食べるのだが、一時からのシフトなので、今日は岡島とあすみだけだ。

「所属は鉄鋼……金属とか、そのへんだって言ってました。横浜に勤めてるって。名刺も見せてもらいましたよ」

「七つ丸商事の金属部が横浜支社なのは事実ですけど、わたしは七つ丸フーズ以外の人はわからないんですよ。七つ丸商事の正社員だったら、社内のサイトで検索することもできるんですけど」

岡島は言った。

あすみは卵焼きを食べながら、目をぱちくりさせる。

「岡島さん、正社員じゃなかったんですか？　あたし、てっきり……」

「正社員ですよ。七つ丸フーズ販売のね。子会社だけど、七つ丸商事とは違うから」

岡島は焦るでもなく手を振った。

「まあ混乱しますよね。事務オフィスは七つ丸商事の中にあるし、七つ丸商事から出向している営業くんもいるし、別の関係会社の契約社員もいるし、藤本さんみたいな派遣社員も多いし。ここのオフィスって、七つ丸フーズ販売に正規就職している正社員のほうが少数派なんですよ」

「へー……」

「派遣の子は三年ごとだし、営業くんも課長も変わるから、いつのまにか、わたしがいちばん大きな顔をするようになっちゃってますけどね」

岡島はもりもりと白いごはんを口に運びながら言った。岡島のお弁当は体育会系の男子のように大きいのだが、食べるのが速いのであっという間になくなっていく。

岡島が誰にでもわけへだてなく優しく厳しいのはそういうことだったのかと思う。派遣社員だの契約社員だの出向社員だの、種類がたくさんありすぎて、区別するほうが面倒そうである。

「藤本さん、そういうこと知らなかったんですね。まあそうですよね、誰も言わないもんね」

岡島はマグカップのお茶を飲みながら苦笑した。

「七つ丸商事の一般職の人は、こんなに忙しい仕事しないです。彼女たちは本社で、発注をほかの人に任せて、優雅に電話とってると思います」

「ええと……じゃ、七つ丸商事の正社員のほうが、子会社の派遣社員よりも暇ってことですか？」

「暇っていうと語弊があるな。本社の受注は単価が大きいし、スパンの長いプロジェクトがあったりしますからね。うちよりもピリピリしていると思う。こっちは単価も期間も細かくて、利益よりもスピード勝負でしょ。どっちが上とかじゃないですよ。両方必要だから。それはわかるでしょ」

わかるも何も、あすみは与えられた仕事を必死になってこなしているだけである。

「そういうもん……なんですか」

「そういうものです。わたしはうちの仕事好きですよ。時計を見ながら頭をフル回転させるのって、気持ちいいです。優雅とはほど遠いけどね。——藤本さん、ひょっとして、七つ丸商事の正社員に憧れているんですか？」

岡島は少し心配そうな顔になり、あすみは首を振った。

「それはないです。考えたことなかったです」

「そう。よかった。たまに商社ＯＬに夢見てる人が来るんですけど、そういう人は長続きしないんですよ。理想と現実が違うから。うちの営業くんたち、そんなにかっこよくもないしね」

そうですねとも言えず、あすみはあいまいにうなずいた。

八城はいかにも商社マンといった、スーツの似合う男だけれども。八城とは話が合った。女慣れしているだけなのかもしれないが、常に車道側を歩く。シェアしたパスタもサラダも率先して取り分けてくれた。頼りになるねと言うと、営業マンですから、と冗談めかして答えた。

理空也はふたりきりになると甘えるタイプだったので新鮮である。お客さんの相手をするのが仕事だから、家にいるときは甘えたくなっちゃうんだよね。と言っていた。

「その八城さんて人、誰なんですか？　狙っているんですか？」

お弁当をランチナプキンで包みながら、岡島が尋ねた。

「いえ、たまたま知り合ったんです。七つ丸商事で鉄鋼を扱っているっていうから、どんな感じなのかなーと思って」

「金属部かあ……。エリートなんですね」

「そうなんですか？」

「金融とか金属は花形ですから。その分ストレスは半端ないみたいですけど。なんかね、横浜の金属部って、お昼になると玄関のあたりで、近くの会社の女性たちが待ち構えていることがあるみたいなんですよ」

「待ち構えている？」

「いわゆるランチ合コン。会社違うのに、誘い合ってランチに行くの。金属部って花形のわりには本社じゃないし、女性も少ないし、出張多くて出会いもなさそうでしょ。婚活女性にとっては狙い目らしくて。うちが募集かけてる派遣会社でも、七つ丸商事の金属部だったら遠くても行くけど、子会社だったらお断りって人もいるみたいです」

「結婚相手を探すために派遣になるってことですか？」

「そうですね。まあ、うちはめちゃくちゃ忙しいって評判なんで。本当は派遣さん、あとひとりかふたりくらい欲しいんですけど」

「うちの派遣コーディネーターさんは、ここおすすめだって言ってました。あたしはやりやすいですよ」

あすみは言った。

最初は目がまわったが、変な匂いがないとか、雨の日に濡れないですむだけでも天国である。岡島の言うとおり、ややこしい案件を効率よく片付けていくのは慣れると気持ちよくもある。

「そうですか？　よかったわー」

岡島は嬉しそうに言い、マグカップのお茶を飲みほした。

バッグのポケットから電子煙草を取り出し、立ち上がる。

岡島は喫煙者である。これから喫煙室へ行くのだろう。肌に悪いので、最近になって電子煙草にしたと言っていた。太るからお弁当を減らすとも言っていたが、お弁当の大きさはそのままである。

岡島がいなくなると、あすみはお茶を飲みながらスマホを眺めた。

八城からは、楽しかった、今度水族館に行きましょう！　という挨拶が届いている。

八城の勤め先が横浜という話から広がって、あすみが水族館に行きたいと言ったのを覚えているのである。

遊びではないと思うのだが、こんなふうにうまくいっていいものだろうか。

八城の仕事の話は楽しかった。鉄鋼部門は世界の各地から情報が集まってきて、何百万、何千万円の取引を瞬時にすることもあるらしい。水産工場からタコを買い付けてタコせんべいの会社に卸す、というようなあすみの仕事に比べ、いかにも商社という感じがする。

岡島の話からすると、ランチのときに、よその会社の見知らぬ女性たちが八城を待ち構えているはずである。

あすみの場合、最初にガツガツしなかったのがかえって新鮮だったのだろうか。

あすみは八城に、自分が七つ丸フーズ販売の派遣社員であるということを隠している。一回だけのつもりだったし、同じ系列の会社なのがわかると面倒そうなので、言わなかったのである。

八城は、あすみが地方の堅実な公務員の娘だと思っている。お金に苦労したことなんかなくて、有名メーカーを辞めたあと、そこそこの会社に就職したと思っている。

おそらく八城のフロアにも派遣社員はいると思う。あすみが同じ会社の派遣社員だと知ったからといって見下すことはないとは思うが、少し冷めるかもしれない。

しかしこれからも会ってみる気なら、言わねばなるまい。

あすみは気軽な調子でＬＩＮＥを打った。

言い忘れていたけど、あたし今、七つ丸商事の子会社の派遣社員なんだよね
七つ丸商事の有楽町サテライトオフィスにいる
そのうちどこかで会うかもね
この間、言い損ねちゃったからお知らせしておくね

LINEの既読はすぐについた。八城も食事中だったのかもしれない。

そして、返事は来なかった。


……まあ、こんなもんだろう、と思う。

あすみはオフィスから少し離れたところにある公園の花壇に座り、お弁当を食べていた。

午後二時半。今日は急ぎの発注があって、ランチの時間をとれなかった。二時になってやっと終わり、岡島の許可を得て遅めのランチをとっているところである。

この公園には京日カーボンにいたときも来た。ミシュランで星を持っている店のカジュアルなラインや、和食のコースランチを出す店があって、その真ん中にある公園なのである。春は花がきれいなので、オープンテラスに座ってお茶を楽しんでいる人

たちがたくさんいる。
京日カーボンは社員食堂が充実しているので、もっぱらランチはそちらでとってい
たが、ボーナスのあとには同僚とこういう店に行った。春秋の晴れた日にベンチでお
弁当を食べたこともあった。近くの道やビルで売っているお弁当をテイクアウトして、
みんなでおしゃべりをしながら食べるのは嬉しかった。
そういえばあのとき、花壇のはしに座って、ひとりで手作りのお弁当を食べている
人がいたなあ、と思う。どこの会社の人なのかなと思っていた。
今会ったら、ちょっと友達になれるかもしれない。
あすみはスマホをしまい、お弁当を片付けて立ち上がった。
八城の返事は途切れたままである。
最後にLINEをしたのは一週間も前だ。返す意思はないのだろう。
仕方がない。よくあることだし、考えたってどうなるものでもない。
人に気に入られる理由がわからないのと同じように、飽きられる理由だってわから
ない。
だったら最初から誘うなよ、と思わないでもないけれども。
「――藤本さん、あと七分ありますよ?」
オフィスに戻ると、岡島がパソコンに目をやりながら言った。

黒川たちはほかの電話に忙殺されている。あすみはバッグをしまい、コンビニで買ってきたカフェオレをデスクに置いた。

「はい。少しのんびりします。カフェオレ買ってきたので」

「時間になるまで電話とらないでいいわよ。——あ、そうだ、この間の件ですけど」

岡島は書類から顔をあげて言った。

「この間の件?」

「ほら、言ってたでしょ。七つ丸商事金属部の——八城さんでよかったですよね。穀物部の営業くんが昔、七つ丸商事の金属部にいたってことを思い出して、訊いてみたんです。彼、契約社員みたいですよ」

あすみは岡島を見つめた。

「——契約社員?」

岡島は書類のチェックを終え、電話を耳にあてた。番号をプッシュしながら早口で言う。

「そう。七つ丸商事の契約社員か、子会社のかはわからないけど。営業アシスタントだって。要はわたしたちと同じ仕事ってこと。八城豊加、だったよね。背が高くていい男の。だったら間違いないって。——あ、吉田(よしだ)様ですか? 七つ丸フーズ販売水産事業部の岡島です。お問い合わせの件ですが、明日の夕方なら配送の手配できるんですけれども」

　それって、八城は七つ丸商事の正社員じゃない――商社マンでもなんでもないってことですか――。

　尋ねてみようと思ったが、岡島はもう次の仕事の算段に入っている。新しく電話が鳴り始め、聞き損ねてしまった。


「――で、それは本当だったの？」

　仁子が尋ねた。

　土曜日の昼、あすみの家のキッチンである。仁子はちぎったレタスとナッツを和え(あ)て、エスニック風サラダを作っている。

　あすみは肉を切りながらうなずいた。

「営業に七つ丸商事の正社員の人がいたから、社員名簿を検索してもらった。同年代に八城って社員はいなかったわ」

「名刺見せてもらったんでしょ？」

「なんかね、金属部の契約社員の人って工場に行くことあるから、いちおう名刺作るんだって。七つ丸商事じゃなくて、七つ丸鉄鋼とかそういうので。ちょっと見せられただけだから気づかなかった」

「またしても、あすみが騙されたってことか」

あすみは肉の皿をカウンターに置きながら首をひねった。

「うーん。八城さん、七つ丸商事の金属部に勤めてるとは言ったけど、正社員とは言ってないんだよね。だから、騙されたとは言えないかな」

「いや、勤めていると言われたら、普通は正社員だと思うよ。あすみが同じ会社に勤めているって知ったとたん連絡を絶ったのは、非正規なのがバレたと思ったからでしょ」

「そうなんだけど。あたし別に、八城さんがエリート商社マンだからって会ったわけじゃないからなあ」

「いっそそうだったら、簡単なのにね」

「本当にねー」

あすみはうなずいた。

もしも菜々花だったら、相手が契約社員だということがわかった時点で、すべてをなかったことにするだろう。

「あたし、飲み会で、公務員の人にも誘われたんだよ。でもぜーんぜん楽しくなくて、すぐに帰っちゃった。これってなんなんだろうね」

「顔？」

「結局それか……」

面食いは身を滅ぼす。というのは理空也で学習しているのだが。

あすみはカウンターにまわり、リビングの低いテーブルに皿を運んだ。テーブルの真ん中は空いている。深谷が大きなホットプレートを持ってきてくれるはずなのである。

今日は家で、あすみの就職記念とお礼をかねての焼き肉パーティをする予定だ。いつかやろうと思いながら、のびのびになっていた。

深谷は車でミルキーを拾ってから来る予定である。約束した時間を過ぎているが、まだ連絡はない。

「あすみの友達、本当に来るの？」

肉の皿にラップをかけながら、仁子が言った。

「深谷さんは来ると思うけど、ミルキーはわからない。基本、行けたら行くって子だから。予定ってもんをたてるのが苦手なんだって」

「変わってるねえ。それじゃ仕事できないでしょ」

「だから日雇いなんだよ」

「なるほど」

「でもいい子だよ」

話を聞いていたかのように、ぴんぽーん、とインターホンが鳴った。

「あすみちゃん、こんにちは。遅れてごめんなさい。開けてくれる？　ちょっと荷物がたくさんありすぎちゃって」

「はーい」

あすみは急いで玄関に行った。

ドアを開けると深谷が大きな四角い箱を持って立っていた。

うしろにミルキーがいる。ホットプレートの箱を抱え、重そうなスーパーの袋をふたつ提げていた。

「こんにちは、あすみちゃん。初めまして、深谷椿といいます。こちらはミルキー、牛田留希さん。あすみちゃんにはお世話になっています。今日はお招きありがとう」

「初めまして、原沢仁子です。あすみとは長いつきあいになります」

深谷と仁子はにこやかに挨拶を交わしあった。

「よろしくね。これケーキなんですけど、受け取ってくれる？　冷蔵庫に空きスペースがあればいいんだけど。うちの姉がね、あすみちゃんの就職祝いやるって言ったら、どうしてもって」

「お姉さんがですか？」

「ちょうど、派遣先が決まったときに姉が居合わせたのよね」

深谷はいたずらっぽく言い、仁子にケーキの箱を渡した。

思ったとおり、仁子と深谷は相性がいいようである。

深谷はてきぱきとホットプレートの箱と、飲み物と食料が入っているらしい袋をミルキーから受け取り、仁子に続いて部屋に入っていった。

見るからに頼もしいふたりだ。きっとこれから先は、何もかも任せて安心だろう。

ふと気づいてミルキーに目をやると、ミルキーは小さな体を縮こめるようにして、玄関にぼんやりと立っている。

「ミルキー、あがって」

「――うん」

ミルキーはうなずいた。

靴を脱ぐ前に、斜めがけをしたバッグの中に手をつっこみ、小さな箱を取り出した。

「これ」

ミルキーはぶっきらぼうに言った。

差し出されたものはいちご味のポッキーだった。お祝いということらしい。

居心地が悪そうにもじもじとしているミルキーを見たら、胸がいっぱいになった。

「ありがとう」

あすみはポッキーを受け取り、ミルキーを部屋に招き入れた。

「あすみちゃん、食費は頑張ってるんじゃない？　毎日お弁当作っているのよね」

焼けたロース肉をあすみの皿に置きながら、深谷が言った。

「そうなんだけど、ほかに減らすところがないんですよね」

あすみは焼きたての肉を和風ダレにつけながら言う。

テーブルの中央ではホットプレートがじゅうじゅうと音をたてている。深谷は完全に焼き肉奉行（ぶぎょう）になって、肉と野菜を適度に焼き、焼き上がった肉があれば誰かのお皿に入れている。

「お酒とか、高いお菓子とか食べているわけじゃないんでしょう？」

「それはないです。あたしのおやつはもやし炒めとスコーンだから。あと、玉葱（たまねぎ）とキャベツが無人販売所で安いんで、毎日のように食べてます」

「偉いわね。食費の節約というと、三食カップラーメンになっちゃう人もいるのに」

「スーパーでカップラーメンとかお菓子とか買いそうになったら、キャベツともやしと卵、って自分に言い聞かせるんですよ。あと米と袋のラーメン。もはや呪縛。呪いの言葉」

「それ言ったのあたしでしょ。むしろ感謝してもらいたいんだけど。四キロ痩せて合コンでモテモテだったって言ったじゃない」

仁子はぐい飲みの日本酒を飲みながら言った。

仁子のとなりのミルキーは無言で肉を食べている。何かを食べ終わるタイミングで深谷が肉を投入するのである。

深谷の持ってきたロース肉とタンは分厚くて、溶けるようにやわらかかった。

「無駄なもの食べてなくて体調がいいのなら、食費は現状維持よ。食べるものが偏ると精神的にも不安定になるから。むしろ見直すべきは固定費ね」

ウーロン茶を飲みながら深谷が言った。深谷は車なのでお酒を飲まない。

「固定費というと」

「家賃と通信費と光熱費、保険、何かの会費とかね。あすみちゃん、今、ローンで毎月払っているものはない？」

「ないです。カードの引き落としはスマホ代だけです」

「スマホ代はいくらくらいなの？」

「……七、八千円……くらいかな」

「うーん、ちょっと高めかな」

「いや高いよ。このマンションＷｉ-Ｆｉ入ってるでしょ。あすみがスマホがないと生きられない女だってのはわかってるけど、プラン見直したほうがよくない？」

「うん、そうだね……。それは、考えることにするよ」

あすみは仁子特製のエスニック風サラダをつつきながら、もごもごと言った。

ついでに新しいビールを取り、プルトップを開ける。ビールは格安スーパーで二ダース買い、冷蔵庫で冷やしてある。さらに深谷の差し入れのフルーツビールと、仁子が持ってきた日本酒もある。

「そうね、スマホ代の見直しと、いちばん大きいのは家賃よね。目安は総月収の三分の一って言われてるけど、あすみちゃんの場合は交通費も含めての額ね」

「交通費含めなくても超してます。引っ越したほうがいいですか？」

「すぐにじゃなくていいと思う。仕事始めたばかりで生活パターンが定まってないから。でも次の更新月までに引っ越し代は貯めておいたほうがいいわ。選択肢を増やすためにね。それまでにいろいろな場所を見て、住みたいところを検討するといいわよ。その結果ここに住み続けるのなら、それでもいいし」

更新月はいつだっけとあすみは考えた。

住まいに関しては理空也に任せきりだったので覚えていない。しかし、月々の家賃と交通費が安ければ楽になるのは感覚としてわかる。あとで確かめよう。

「引っ越しって、けっこうかかるの？」

ミルキーが尋ねた。ミルキーはおしゃべりなほうではないので、もくもくと食べ、ビールを飲んでいた。

「そうね。引っ越し業者へ払うお金と、最初の家賃と礼金敷金が最低限かな。ミルキー、引っ越しの予定があるの？」

「彼氏が引っ越したがってるんだよね」

「同棲してる彼氏？」

「うん。ていうか、あたし結婚するの、もうすぐ」

ビールにむせそうになった。

ミルキーが結婚。思いもかけないが、そういえば彼氏がどうとかと言っていたのを聞いたことがある。

「結婚？」

「うん。なんか、籍入れようって言われてさ」

ミルキーはぼそぼそと言った。

重大な発表をするにしてはテンションが低い——と思ったが、そもそもあすみはミルキーのテンションの高いところを見たことがなかった。

ミルキーは子どものように膝をかかえている。あまり酒に強くないらしく、顔が赤くなっている。

そうか、ミルキーが結婚するのか。驚いたが嬉しくなった。

「それって、今一緒に住んでいる人？」

おめでとう——と言おうと思ったら、深谷に遮られた。

「うん、ケンちゃん、今度給料あがるんだって。それで」

「今度は殴らない人よね？　ほら前の——トラックの人とはちゃんと別れたのよね？」

深谷は言った。肉を差配していたときと同じ、穏やかな声である。

しかし笑っていなかった。ウーロン茶のグラスを握りしめ、真剣にミルキーを見つめている。

ミルキーはこくりとうなずいた。

「タカとはもう会わないよ。怖いから。ケンちゃんからは一回も殴られたことないんだ。ギャンブルもしないし、毎日働いてるし、ゴムもつけてくれる」

「そうか、よかった。優しい人なのね。写真ある？」

仁子がちらりとあすみを見た。ぐい飲みを持った手を止めている。

……よくわからないが、壮絶な何かがあったようである。

「あるよ」

ミルキーは深谷にスマホを渡した。

「けっこう年上なの？」

「十歳上。ケンちゃんはあたしに定時制の高校行けばって言ってるんだけど、あたしバカだから迷ってるんだよね」

「行けばいいじゃない。せっかく結婚するんだし、甘えちゃいなさいよ」

深谷は写真を見て安心したようだった。ミルキーにスマホを返しながら言う。

「今さら行ってもさ。あたし学校嫌いだったし」

「定時制高校は中学校とは違うわよ。ゆっくり卒業すればいいの。行きたくないときは休んでもいいのよ。ミルキーはバカじゃないし、きっと楽しいよ」

「そうかなあ」

「そうよ。勉強わからなかったら教えてあげる」

「勉強できたら、アメリカ行けるかなあ」

「アメリカ？」

仁子が割って入った。

ミルキーは最後に皿に残った肉を食べ、つぶやくように言った。

「あたし、赤毛のアンが好きでさ。ほら、昔のアニメにあったじゃん」

「小説ね」

仁子、ここで突っ込みをいれないでくれ、と願ったのだが、幸いミルキーは気にしていないようである。

仁子は日本酒を飲み過ぎたらしく、少し目がすわっている。

「昔、お母さんと一緒に見てたんだよね。お母さん、もういないけどさ。病気治ったら、この家見に行こうって言ってたから。それで、行ってみたいなあって思って。アメリカ」

「カナダね」

仁子……。

ミルキーは目をぱちくりさせた。

「アメリカじゃないの?」

「赤毛のアンのグリーンゲイブルズのモデルは、カナダのプリンスエドワード島」

「どっちでもいいじゃないの、似たようなものよ。——ミルキーのお母さん、亡くなる前に、赤毛のアンの舞台に行こうって言ってたの?」

「そう。お母さんとはもう無理だけど、ケンちゃんと一緒に行きたいなあって思って。バイトして貯金しようと思ったんだけど、なかなか貯まらないんだよね。アメリカ、じゃなくてカナダ、行くのって大変かな」

「——ミルキーさん」

仁子がぐい飲みを置き、ずい、と身を乗り出した。

「仁子、ここはね。お祝いだから。細かいことはね」

「そのためにツアーパックというものがあるのよ、ミルキーさん。英語できなくても、予定たてられなくても大丈夫。誰でも行ける。あたしが行かせてあげる」

仁子はミルキーの手をとった。

ミルキーはびっくりしたように仁子を見つめている。

「あたしはプロだから。グリーンゲイブルズ、格安で行けるように手配してあげる。頑張ってお母さんの夢、かなえよう。あたしが手伝う。任せて！」

仁子の目がうるんでいる。普段は冷静ぶっているが、飲むと情にもろくなるのである。

「──そろそろ、ケーキを切りましょうか。あすみちゃん、お皿と包丁貸してくれる？」

ほどよく満腹になりつつあった。深谷はホットプレートの電気を止め、苦笑しながら切り出した。

「はーい」

「ミルキーの結婚もあるし、ケーキがあってよかったわ」

あすみは手もとのビールを飲み干し、ケーキの準備をするために立ち上がった。

「いい人だよね。ふたりとも」

いちごポッキーを手にとって眺めていたら、仁子に声をかけられた。

夜の十時をまわったところで深谷とミルキーは帰った。仁子は最初から泊まる予定で、先に風呂に入ったところである。

仁子の髪からは、あすみの最近の定番、アメリアシャンプーの匂いがする。

後片付けがたくさんあるかと思ったら、深谷がてきぱきと指示をして、すべての皿洗いと食材の後処理が終わってしまった。ミルキーもアルバイトに慣れているので指示があれば要領よく働く。女性の集団というのはこういうときに楽でいい。

お金はとらないつもりだったのだが――だから家に来てもらったのだが、深谷と仁子から大量の食材をもらったので、当分買い物をしなくてすみそうである。明日は残ったケーキを全部食べてやろうと思う。

「あたし、派遣先が決まるまで、ミルキーと深谷さんに助けられたからさ。仁子に紹介しておきたかったんだ」

「ふたりともフリーランスなんだよね。ミルキーはフリーターか。あたしは嫌いじゃないわ。ていうか、あすみらしいよね。日雇いしながらそういう友達作っちゃうのはさ」

冷蔵庫から新しいビールの缶をとりながら、仁子は言った。

仁子はあすみのピンク色のヨガウエアを着ている。パジャマ代わりだ。こんなところで役にたつとは思わなかった。

「作ったというか、見かねて助けてくれたというか。会社辞めたとたんに見向きもしなくなった友達のほうが多いよ」

「紹介で合コン行ったんでしょ？」

「菜々花とは偶然会ったの。でも、その合コンで知り合ったのはフェイク商社マンの八城ですよ」

「商社マンだから会ったわけじゃないって言ったじゃん。もう一回連絡してみたら？向こうも気まずくて連絡できないだけかもよ」

仁子はレモンのビールをあすみに渡した。

あすみの向かいに座り、プシュ、とプルトップを開ける。日本酒の酔いは風呂に入って覚めたようだ。

「仁子にそう言われるとは思わなかった」

あすみには意外である。仁子はこれまで、あすみが恋愛の話をするたびに細部をチェックして、あんたは甘い、その男はやめときなとさとす側だったのである。

だから理空也を仁子には会わせたくなかったわけだが。

「考えが変わったんだよ」

仁子は言い、さりげなく付け加えた。

「あたし、婚活しようかと思って」

あすみは仁子を見た。

「――安岡くんは？　あたし、つきあってるんだと思ってた」

安岡は仁子の友人――彼氏である。

日本人だが、タイで通訳と、日本人旅行客向けの事業を起こして暮らしている。恋人というほどの熱い仲ではないが、仁子が暇を見つけてタイに行くのは、彼に会うためだった。

「うん、つきあってた。この間別れた。あたしからふった」

「そうか……。いろいろあるよね」

あすみはつぶやいた。深谷の差し入れのビールは、ほどよく冷えていておいしい。

そういうことだったのかと思う。仁子はいつも、タイから帰ってきたときはエネルギーをチャージしたかのように生き生きしていた。それが、半月ほど前の帰宅のときはそうでもなかった。今日の会も、仁子の調子がよくなさそうなので日にちを変更したのである。

仁子はビールの缶を手にしたまま、天井を見上げてふーっと息をついた。

「――あたし、お正月にちょっと体壊しちゃったんだよね。生理の出血が止まらなくなって、病院行ったの」

「え、知らなかった。大丈夫だったの？」

「うん、たいしたことはないの。でも子宮の病気って怖いから、考えちゃって。この際、結婚しようかなって思ったの。で、二月にタイに行ったとき、安岡くんに結婚しようって言ったら、いいよって言われた」

「——よかったじゃないの」

いちおう言ってみたが、仁子はぜんぜん嬉しそうではない。

あすみはそこにあった差し入れのポテトチップの袋を開け、ぱりんと食べた。仁子も手を伸ばし、無言で食べる。

しばらく沈黙が落ちたあと、仁子はゆっくりと口を開いた。

「それまでもね、考えていたのよ。うっすらと。安岡くんと結婚して、東南アジアと日本を行き来しながら仕事して、楽しく暮らすのもいいなって。でもいざ考えると、それって可能なのかなって。安岡くんの事業だって、向こうだから商売できるだけで、安定しているわけでもない。子どもができたらどっちで育てればいいんだろうって。そう言ったら、仁子の好きにすればいい。入籍なんて紙切れ一枚だし、俺に養ってもらうつもりはないんだろって。これまで通り通ってきて、子どものことはできたときに考えればいいって」

仁子は淡々と言った。ビールを飲み、ポテトチップに手を伸ばす。

「要はなにも考えてない、今と同じ生活をするつもりで、彼の側は何も変えるつもりはないのね。あたしの病気のことも、ふーんって感じで。男だからピンと来ないんだろうね」

「ちょっと冷たいね」

「それはいいの。最初からそういうつきあいだから。恋人というよりパートナーで、お互いの生き方に干渉しないことになってたから。でもそのときは病気のことがあったんで不安になっちゃって、ケンカになった。最後には、平凡な暮らしがしたいなら、そういう男と結婚しろって言われて別れた」

「そうか……」

あすみはつぶやいた。

仁子は吹っ切れてはいるらしい。相談してくれればよかったのに、とは思うが――ろくな答えはできないだろうが――大事なことはひとりで対処するのが仁子である。

「でさ、あたし、結局平凡な暮らしがしたかったんだなと思って。だったら普通に、日本の男とつきあってみようかと思ったの」

「それで婚活？」

「そう。ていうか結婚したいの。結婚して、あたしのポンコツの子宮が、まだ使えるうちに子ども産みたい。仕事はそのあとでもできる」

仁子はきっぱりと言った。

その強さにあすみは感心する。仁子はいつもこうなのだ。泣き言は言わない。口に出すときはすでに自分の中で結論が出ている。

「婚活ってどうするの。結婚相談所とか？」

「それも考えてるけど、まずは普通の手段にトライする。合コンの話があったら誘ってくれない？　あたし頑張るから」

あすみはうなずいた。

「わかった。菜々花に声かけてみるよ。フェイク男が来るかもしれないけど」

「それでもいいよ。あたし、普通の恋愛の経験がないのよ。相手がどんな男であっても、戦ってみないと経験値が上がらないでしょ」

「あたしみたいに、いくら戦っても経験値がゼロ、いやマイナスの人もいるよ」

「ゼロじゃないわよ、あすみは。進む先がちょっと斜め前なだけで。——なんだろ、うまく言えないけど。あたし、あすみに偉そうなこと言ってるけどさ、たいした人間じゃないんだよ。それが今回、よくわかった」

仁子はゆっくりとビールを飲んだ。あすみの前にある、いちご味のポッキーに目をやっている。

すべての謎は解けた！

その上で話をしたいんだけど？

「――まあ、最初は、嘘つく気はなかったっていうか。飲むだけのつもりだったから。合コンに非正規が入ってたらテンション下がるだろ」

絵に描いたように言い訳がましく、八城が言った。

降りたことのない駅近くのファミレスである。定期だけで行ける場所を探したらそうなった。

誘ったのはあすみのほうだ。思い切ってLINEをしたら、返事が来た。

待ち合わせ場所の改札口で、八城は先に待っていた。第一声は、ごめんなさい！だった。あすみが改札口を抜けると同時に言った。

「そのわりには最初から誘ってきたよね」

「まあ……。あすみちゃんたち、疑ってなかったし。福田があすみちゃんを狙ってたみたいだからさ、なんとなく」

「福田――って、公務員の人だっけ？　なんで福田さんがあたしを狙ってたら、八城さんが誘うの？」

「対抗意識っていうか、男の見栄といいますか。あすみちゃんが、都庁勤務っていうのにひっかからない、ということを確かめたかったというか」

「それで自分が七つ丸商事勤務ってアピールしてたら意味ないよ。やってること同じじゃん」

「まあそうなんだよな。よく考えたら」

「よく考えなくてもそうだっつーの」

あすみは呆れて、フリードリンクのアイスティーに口をつけた。

八城は困ったような顔でコーヒーを飲んでいる。

こんなことを話していても八城とは話の調子が合う。黙っていても気まずくならない。それは認めざるを得ない。

「非正規って言ってもさ、転職活動はしてたんだよ。七つ丸鉄鋼の契約社員になる前に、正社員試験に受かったところもあるし」

「それ、どうして行かなかったの？」

「中小だったから。同時に七つ丸鉄鋼にも受かってさ。契約社員だけど、七つ丸商事に出向するっていうからそっちを選んだ。七つ丸商事の鉄鋼部門って憧れだからな。七つ丸鉄鋼は三年働いたら正社員登用制度があって、今年の九月がその時期だから、それに賭けてる」

「七つ丸商事じゃなくて、七つ丸鉄鋼の正社員なの」

「俺三十二だよ？　今から七つ丸商事に入れるわけないじゃん。日本の大きな商事会社、就活で全部玉砕してるわ」

　玉砕のくせになぜか威張って、八城は言った。

「英語がダメなのがいけないのかなと思って、語学留学したのがまずかったんだよ。帰ってきたら俺二十五でさ、大手は無理だけどそこそこの商事会社なら入れるだろうと思ったらそうでもなくて、小さいところに入ってみたけどそこそこじゃないと思って辞めて、ぼやぼやしてたら三十二になっちゃった」

「なんか……頑張ってはいるんだね。斜め前でも前進は前進、みたいな」

　あすみは言った。

　少し八城を見直す。最初はただの嘘つきかと思ったが、八城は八城なりに目標を持って働いてきたのである。

「間に彼女に養ってもらったりとかはあったけど」

「養ってもらってたのかよ」

「いや少しだけ。働かないでいたらたたき出された。俺、自分を過信してたわ。三十くらいで初めて気づいた。まわりの男って、やっぱり頭いいからさ。最初から俺じゃ太刀打ちできなかったんだよ」

「なまじ顔がいいから渡ってこられた、みたいな」

「そうそう、それも元彼女に言われたよ。ルックスがいいのが俺の欠点だって。ひどいよな」

「彼女が欲しいならランチ合コンすればいいじゃん。誘いあるんじゃないの」

「それダメ。俺、豪華ランチ代払えないもん。あと、名刺見せたときの彼女たちのがっかり感半端ない。コンプレックス刺激されまくり」

あすみは苦笑した。

ネガティブなことを話しているのに、どうにも悲愴(ひそう)感のない男である。

前回会ったときよりも、八城はのびのびしていると思う。前は、自分を無理にアピールしているようなところがあった。

「あたしだって派遣社員なの言わなかったから同じだよ。あたし、会社辞めてから貧乏だったからね。今年の冬ぐらいまで、ずーっと休日も働いてた」

あすみは言った。この際、自分もすべてを打ち明けてみたくなった。

「合コンのときは？」

「あのときはフリマサイトでバッグが売れて、ちょっとお金があったの」

「家から仕送りもらってたんじゃなかったんだ」

「仕送り頼んだらくれないこともないだろうけど、いやだったんだよね。結婚して会社辞めるって言ったときに親に猛反対されたから。ほら見たことか、みたいになるのが。意地だよね」

「寿退社だったんだよね。彼氏は？　なんで別れたんだっけ」

八城は尋ねた。真顔になっている。

あすみはアイスティーに口をつけながら考えた。

「理空也はさ……たぶん、あたしのことをあまり好きじゃなかったんだと思う。ただ、あたしの家に転がり込んで、あたしのカードを使いたかっただけで。会社を辞めたら用なしだから、出て行ったんだよ。ふられたの。八城さんの元彼女みたいにたたき出せればよかったんだけど、あたしはできなかった」

「元彼が戻ってきたら、よりを戻す？」

「もう戻らないし、ダメだよね。あたしも、前の会社のときみたいに遊んでいられる余裕ないし」

「そうか……」

八城は手を伸ばし、向かいにいるあすみの頭を撫（な）でた。

ややくたびれたシャツを着た八城の腕はとても長い。理空也だったらできないことである。

大きな手で、よしよし、と撫でられていたら泣きそうになった。あざといと思うが逆らえない。

「なんか、これって、めっちゃ傷のなめ合い？」

本当に涙が出てくる前に、あすみは言った。

「かもな」

八城は笑った。

手を離し、そのまま伝票を持って立ち上がる。レジへ行く前に、さりげなく言った。

「じゃあ行こうか、水族館」

こんなところで、無駄に格好つけなくてもいいと思うのだが。

帰り際に、八城にキスされそうになった。

夜になっていた。水族館を出たあとも離れがたく、軽く飲んで店を出たあたりはもう暗くなっていた。

飲んだのは通りがかりのチェーン店の居酒屋だった。八城はよさそうな店の検索を始めたのだが、ちょっと飲むだけだからここにしようとあすみが言った。

どうにも八城とはあまり緊張感がない。お互いに弱みを吐露しあったからだろうか。

つきあってもいないのに、こういうのはありなのかなあ、と言ったら、じゃあつきあってみる？　と言われた。

「う、……ん、まだわかんないな、そういうの」

あすみは言った。

八城のことは嫌いではないし、ときめくときもあるのだが、これが恋愛感情なのかと言われるとよくわからない。

好き好き大好き！　という気持ちになったことはない。契約社員だと知ったときも、がっかりはしたが冷静だった。今日も特別なおしゃれをしたわけではない。新しく買ったスカートやワンピースがあったとしても、八城と会うときにはジャージでいいやと思ってしまいそうである。

「——やっぱり非正規だったらダメかな」

「それはいいって言ってるじゃん。あたしだってそうだもん。そういうの、考えるのがいやなんだよね、今は」

あすみは言った。

あたりには誰もいなかった。大通りから二本ほど奥まった道である。電灯の向こうに、ホテルの控えめな看板が出ている。

「じゃ、キスしてみようか。予行演習で」

「なんの予行演習?」

「彼氏になったときの」

八城はあすみを注意深く抱き寄せていた。あすみは抵抗しない。やはり女慣れしているなこの男、と思った。

「――駄目だわ」

唇が触れあう寸前になって、あすみは言った。

「なんで」

八城は強引ではなかった。あすみの許可を待っている。

「――あたし、元彼のスマホ料金、まだ払ってるの」

あすみは仁子にも言っていない事実を、八城に言った。

付き合い始めたばかりのとき、あすみの名義で契約したスマホである。理空也の分だけで月に七千円くらいある。

毎月カードの引き落とし明細が来て、家計簿をつけるたびに、ああ今月も理空也は生きているんだな、今月は通話が多かったのか、いっぱいゲームしたのかなと思った。

この七千円がなければ、苦しかった最初の数か月に少しは休めたはずである。

深谷と仁子には言えなかった。言ったらどういう反応をしただろうか。問答無用で解約しろと言うだろうか。ミルキーならわかってくれそうな気もする。

「……そうか」

八城は戸惑ったようだった。

手をあすみから離し、低い声で言う。

「これからも払うの？」

「面倒くさくてそのままになってただけ。今度解約する」

あすみは嘘をついた。

「そのほうがいいと思うよ」

「うん。どうせ、スマホのプラン変えようと思ってたから」

「なんなら俺が変えてやろうか。そういうの得意なんだよ。キャリアにこだわりがなければ、白ロムの機種とSIMカード別々に買って挿してもいいし。だいぶ安くなると思うよ」

「あたしよくわかんないから、教えて」

八城はうなずき、これまでになく真面目な顔になった。

「変えるのはいいけど、その前に、元彼のスマホは解約しといてくれよ。それは、俺がやるのは違う気がする。俺、浮気相手になるつもりはないから。解約ができたら、連絡くれる？」

「うん。連絡する」

あすみは言った。

八城は照れ隠しのように歩き出した。車は通っていないのに車道側を歩こうとする。

「あすみちゃんの家、駅から遠いんだよね。送ろうか」

「いいよ、定期使えない場所だと交通費かかるでしょ」

「そうなんだよなー。定期最強。休日に出かけるときも、できるだけ定期の使える場所ってなる。正社員になってボーナスが出たら、真っ先に車買うわ」

「車いいね。ドイツ車とか？」

「いや中古の軽」

あすみは八城の横を歩きながら笑った。

よくわからないが、八城はいい男だと思った。

今日は楽しかったよ
また連絡するね

待ってる
スマホと気持ちにケリつけるのだけよろしく！

あすみはスマホを眺めながら、マンションへの道を歩いていた。

気分は悪くなかった。八城のことは、最初に会ったときよりも印象がいい。

契約社員であることは、本人が気にしているほどあすみは気にならない。

理空也なんて、週に三回、バーテンのアルバイトをしているだけの男だった。それでいて贅沢だったので、合わせるのが大変だった。八城とはお互いにお金がないということを知っているから、気取らずにつきあえそうである。

——スマホ、解約しよう。

駅から二十分、暗い道を歩きながらあすみは決意する。

理空也の残したあれこれもみんな処分して、生活を仕切り直そう。

自分のスマホ代も見直して、安くなった分を、引っ越しのための貯金にまわそう。

なるべく早く引っ越そう。家賃の負担が大きいというのもあるが、あの部屋から離れたほうがいい。どうしても未練が残ってしまう。

スマホを解約したら、一回、深谷にライフプランの相談をしてみてもいいかもしれない。

……あたしって、偉いなあ。

あすみは人ごとのように自分に感心した。

少し前まで、こんなことを考えたこともなかった。仁子のような人間を見ていても、自分ができるとはとても思えなかった。

どこで自分がこんなに偉くなったのかはわからないが、やればできるものである。

斜め前のジグザグ前進だから、人よりも時間はかかるけれども。

これは、どこかで自分へのご褒美を買わなくては。

ZARAのスカートにしようか、DIANAのサンダルにしようか、それとも思い切っていいランチでも食べようかと悩んでいたら、マンションにたどりついていた。

ここに住み始めた当初は、こんなに駅から遠くて暮らせるのかと思ったが、今は二十分くらい歩くのはどうということはない。高いヒールのパンプスは履けなくなったが。

郵便受けをチェックしていたら、エントランスに人影があるのに気づいた。

男性である。小柄な体を壁ぎわに寄りかからせるようにして立っている。

「あすみちゃん」

低い声で、彼はあすみを呼んだ。

あすみはびくりとして立ち尽くす。

手に持ったダイレクトメールの束が、ばらばらと散った。

小柄な体を黒いライダースジャケットに包んだ理空也が、あすみに向かってゆっくりと歩いてくる。
相変わらず、見とれるほどきれいな顔をしている。そう思った。

収入

給料　256800円！

最高額！

★がんばった！★★

支出

ミルキーに返金　3000円　＜ありがとう〜！

理容とスマホ代　7820円

深谷さんからのアドバイス

固定費を見直すこと

家賃の目安は月収の3分の1!!

愛があれば
5

「――なんかね、正社員採用があるみたいですよ。ここだけの話だけど。藤本さん、知ってました？」

黒川が、誰も聞いていないのに声をひそめて言った。

平日の午後二時、公園のベンチである。

今日は忙しくてランチの時間がずれてしまい、やっと一段落ついた一時四十分になって岡島が、黒川さんと藤本さんランチ行ってきて！と言った。

岡島ともうひとりの社員は休憩をとらず、ビスケットをかじりながら仕事をしている。自分は食べる暇がなくても、派遣社員には何がなんでも一時間のランチ休憩をとらせてくれるのである。

天気がいいので外に食べに行きましょう、と誘ったのは黒川のほうである。黒川は小さなお弁当箱を開いている。黒川のお弁当はいかにも主婦らしく、色とりどりでおいしそうだ。

「正社員？　どこのですか？」

おにぎりのラップをほどきながらあすみは言った。

今日のおにぎりの具はツナと海苔の佃煮。おかずは卵焼きと野菜炒めである。朝のお弁当作りにはもう慣れた。かわいいお弁当箱を買おうと思いつつ、ついつい百円ショップのタッパーを使い続けている。

「七つ丸フーズ販売の。なんでも業務を拡大するみたいで。もうひとつオフィスを作るらしいんですよ。市場の移転とかあったでしょ。あの関係で。で、正社員を若干名増やす方針らしいんですけど、今なら転職サイトからエントリーできるんですって。エントリーっていっても、わたしたちは岡島さんたちと同じ仕事をこなしているわけだから、希望があれば優先的に入れるらしいんですよ」

「え――」

あすみは卵焼きを食べる手を止めた。

「それって、七つ丸商事の正社員になれるってことですか？」

「七つ丸商事じゃないですよ、七つ丸フーズ販売」

黒川は律儀に言い直した。

「これ穀物部の友達から聞いたんだけど、藤本さんは知らなかったんですね」

「ぜんぜん知らなかったです。うちは派遣仲間同士の交流とかないから」

黒川とあすみはふたりとも派遣社員だが、所属する派遣会社が違う。黒川の所属する派遣会社のほうが小さいのだが、その分仲が良くて、たまにほかの部署の派遣社員たちとランチを食べたりしている。

七つ丸商事の正社員になるのは無理だ、だから子会社の正社員になるのを狙っている――という言葉を思い出した。

言ったのは八城だ。あすみの胸がちくりと痛む。

「──あ、でもあたし、確か、契約するときに、正社員登用制度はないって聞いたんですけど」

あすみは言った。

「正社員登用制度っていうのは、紹介予定派遣のことですね。それとは違います。派遣の契約更新をしないで辞めて、別の会社に入るってことだから。ただの転職ですよ、表向きは。倫理的な問題はあるけど」

「倫理的な問題って?」

「派遣会社への仁義っていうかね。そういうのどうでもいいと思うんだけど」

黒川は気のない様子で水筒のお茶を飲んだ。

「確か出勤開始希望が九月とかだったと思います。夏に契約更新が切れる子が、採用が決まったら次の契約を更新しないで辞めて、夏休みとって、そのまま正社員になりたいって話してました。藤本さんも確か、半年で契約更新ですよね」

「あたしは七月で契約更新です。黒川さんはエントリーしないんですか?」

あすみは尋ねた。

もしも本当にいい話なのだったら、黒川がすすめるのが不思議である。内緒にしたほうがライバルが減ると思う。

「わたしは別に正社員目指してないから」

「え。そうなんですか？」

「そうですよ。なる理由が見当たらない。仕事に余計なリソース割きたくないから派遣やっているんですもん。七つ丸フーズ販売、別に給料も良くないしね。

でも藤本さんは残業する人ですよね。独身だし、若いし、仕事もできるし、だったら、正社員になれるならなっといたほうがいいのかもって思って」

仕事ができる、と言われたのはおそらく人生で初めてである。こんなときだが少し嬉しくなった。

「もしもその気があるなら、岡島さんにアピールしといたほうがいいと思います。会社に声かけてくれるだろうから、相談した上でエントリーしてすすめたら早いんじゃないかな。派遣会社のほうにはばれないように」

黒川はお弁当を食べ終わっていた。ランチナプキンでお弁当を包んでいる。

「もしもエントリーしたことが派遣会社に知られたら、どうなっちゃうんでしょうか」

「気まずいですよね。でもそれだけ。七つ丸フーズ販売が業務拡張することは派遣会社のほうはとっくに知ってると思います。探りを入れられた人もいるみたい。だからわたしは逆に、みんなに言っちゃってるんですよ」

黒川は淡々と言った。自分はエントリーしないので気楽なものである。

これはいい話なのだろうか、とあすみは考えた。急に言われたのでよくわからない。

頑張りましょうね――。矢野の声が耳に浮かんだ。

矢野は落ち込むあすみを何回も励ましてくれた、株式会社クロスキャリアの派遣コーディネーターである。

たまに営業の人と話すのだが、矢野は今でもあすみを――おそらくほかの派遣社員のことも――心配しているらしい。トラブルがあったらメールをくださいとも言われている。

せっかく仕事が決まったのに、次の契約を更新しませんと言ったら、矢野はがっかりするだろうか。

そしてその数か月後、あすみが派遣先の社員におさまったと知ったら、裏切られたと思うだろうか。

「岡島さんはそれ、どう思ってるんだろう?」

「やる気があるって知ったら、きっと内緒でいろいろすすめてくれると思います。そういうのは岡島さん、わかってるから。岡島さんももと派遣社員なんですよ」

「そうだったんですか。てっきり最初からバリバリ働いてるのかと思った」

「前の会社でいろいろあったみたいです。そういうときに派遣はいいですよね。自分で仕事探す手間も要らないし。会社員やって気力がなくなって、派遣で立ち直る人っているみたいですよ」

黒川はお弁当箱をトートバッグに入れて、立ち上がった。

わたし買い物があるのでと言い、さっさと歩き出す。今日はこのことを話すためにあすみを誘ったらしい。黒川はもともとドライだし、それほど仲がいいわけではない。

あすみはお弁当箱をしまい、ふと気づいてバッグから財布を出した。

財布の中から名刺を一枚取り出す。先日もらったばかりのものだ。

野崎理空也――という名前とともに、新宿のバーの名前が書いてある。


「――自分のお店を開く予定は、あったんだよね」

理空也は低い声で言った。

午後七時――。バーの名前は、「陸」。

狭くて薄暗いカウンターの内側で、理空也はカクテルを作っている。

開店したばかりなので、客はあすみしかいない。奥の厨房（ちゅうぼう）らしき場所にもうひとり、髪をシンプルにまとめた女性はいるが、カウンターには出てこない。料理は彼女がするらしい。

バーは黒とモカブラウンで統一されていた。カクテルが中心だが軽食も出る。食器類は黒か透明のガラス。理空也の好みらしい、センスのいいバーである。

理空也はあすみの家に置いていった本を取りに来たのだった。「世界のバーとカクテル」は売ってしまったと言うと少し悲しそうな顔をして、お店を開いたから時間があいたら来て、と名刺を渡された。

「だったら言ってくれればよかったのに。探したんだよ、あたし」

「ごめんね」

理空也はレモンを搾りながら言った。

理空也は黒い長袖のシャツを着ていた。半袖のシャツが嫌いで、夏でも長袖をまくりあげて着るのである。

つんとしたレモンの香りがカウンターに漂う。大きな手の上をレモン果汁が流れていく。童顔のわりに腕は筋肉質だ。カウンターの内側にいる理空也は、まるで雑誌のグラビア写真のようである。

「言いたかったけど、言えなかった。あすみちゃんが誤解しているのはわかってたから。店を開いてから言おうと思っているうちに、企画が暗礁に乗り上げてしまって。正直に言ったら理解してくれるとは思ったけど、あすみちゃんの負担になるのもいけないと思ったんだ」

ドライジンとチェリーリキュール、レモン果汁、シュガーシロップを計ってシェイクする。氷を入れたグラスに注ぎ、冷えたソーダを加えてステア。

シンガポール・スリング――最初に会ったときにあすみがおいしいと言ったカクテルを、理空也は覚えていた。

これはシンガポールの名門、ラッフルズホテルで生まれたカクテルなんですよ。とてもあなたに合うと思います。情熱的だから。

「離れている間も、ずっと気にかかっていたよ。本を取りにいったっていうのは口実。やっと店を開くことができたから、あすみちゃんに会おうと思って。本当は、とても怖かった」

「お店を開くためのお金は、どうしたの？」

「それはなんとでもなる。協力してくれる人もいるし」

「佐藤さん？　ほら――前のバーで、共同経営者とか言ってた人」

「協力してくれたのは、彼とは違う人。説明を始めたら長くなるよ」

理空也は、はい、と言って、レモンとチェリーの載った細長いグラスをあすみの前に置いた。

理空也の作るカクテルはいつも、芸術品のように美しい。カウンターを照らす灯りも、その前に立つ理空也の光沢のある黒いシャツも含めて、すべてが計算しつくされていると思う。

あすみは理空也がいなくなってからの数週間を思い出す。LINEもメールもしたし、電話も何回もかけた。理空也の残したものと、会話の切れ端をつないで、あちこちを探した。

警察にも行ったし、共同経営者だという男も探したし、理空也が昔勤めていたバーのオーナー、バーテンの仲間とも会った。

彼らが言うことは同じだった。理空也はただのアルバイトのバーテンだった。働いていたのは週に三回きり。腕はよかったし人気もあったが、オーナーであったことはない。店を開くという話も聞いたことがない。

佐藤は理空也の腕を見込んで、共同経営で店をやろうと持ちかけたこともあった。理空也は一時は乗り気になったが、資格をとる必要があると言うと断られたという。

バーテン仲間のひとりが一番親切だった。あすみが憔悴（しょうすい）しているのをみて、アルコールを減らしたミントのカクテルを作ってくれ、客がいなかったこともあって、ていねいに話を聞いてくれた。

理空也は、昼間は京日カーボンで会社員をやっているらしいですよ。京日カーボンの日々は安定しているけど、退屈で単調で耐えられないと言っていました。仕事の内容が具体的だったから事実だと思います。気になるなら京日カーボンで尋ねてみたらどうでしょう——。

あすみは理空也が会社員をやっているなどと聞いたことがない。

ましてあすみと同じ会社なわけがない。知り合った最初のころ、理空也のほうがあすみに、大手だね、すごいねと言ったくらいなのである。あすみの仕事の愚痴もていねいに聞いてくれた。同棲を始めてからは、あすみが出かけていくときに理空也はコーヒーを淹れ、朝食を作って送り出してくれた。

仕事内容についてはたくさん話した。門外漢だから興味があるといって、同僚の男性はどんな仕事をしているのとよく訊かれた。

「あすみちゃんは転職したんだよね」

理空也はあすみがカクテルを味わうのを待って、ゆっくりと言った。

「うん。といっても、派遣社員なんだけど」

「よかったね」

理空也はにこりと笑った。笑うと目の下に小さなえくぼが出る。時々少年のように見えるのはこのせいだ。

「あすみちゃん、京日カーボンの仕事は退屈で、新しいことをしたいって言ってたよね。何かドキドキするようなことを始めたいって。あれからドキドキするようなことあった？」

「——うん、あった。思っていたのとは違ったけど」

あすみは言った。

あすみが望んでいたのは、ドキドキする場所に行く男のとなりにいることだった。理空也が運転するドイツ車の助手席に座って、舗装されたアウトバーンをドライブしてドキドキすることだった。まさか自分が、ジグザク運転しかできないポンコツ車に乗って、舗装されていないデコボコ道を、ひとりで運転することになるとは思ってもみなかった。

理空也は少し悲しそうな顔になった。

「ぼくのせい?」

「そう思ったこともあったけど、違うかな……。よくわからない」

「ぼくのせいだったら、責任はとりたいと思ってるよ」

あすみは理空也を見上げた。

「責任って、どういうこと?」

「さて、どういうことでしょう。ここじゃ言えない。仕事場だから」

理空也はにこりと笑った。

お金を返してくれる……ってこと?

あすみは訊いてみたい言葉をこらえる。

つきあっているときの支払いはあすみだった。一時的にあすみのカードでまとめておくけれど、結婚したらすぐにお金を渡すと理空也は言った。あすみはその言葉を信じた。だから引っ越しの費用も、理空也の靴や服や腕時計も、あすみの貯金と給料で払った。

すべての貯金を使い果たしてしまい、理空也が選んだ家の家賃を払わなくてはならなかったから、あすみは必死になって働いたのだ。

しかし言えない。どうしてなのか。女のプライドというやつか。

理空也の顔がきれいすぎるからなのか、声が低くて柔らかくて耳に心地よすぎるからなのか。シンガポール・スリングのジンが思っていたよりも濃くて、頭がぼんやりとしているからか。わからない。

理空也の話を聞いていると、まるで理空也とあすみは別々の場所で別の苦労をした末、ついに再会したかのようである。

「理空也、あたしね、迷ってることがあって」

あすみは思い切って口に出した。

理空也を責めるのはやめた。責めたところで京日カーボンに戻れるわけでもない。おかげで深谷やミルキーとも知り合えたし、今となっては戻りたいとも思わない。

「何？」

「就職先のことなんだけど……。今、頑張れば正社員になれるかもしれないって話があるの。お給料は落ちるんだけど、エントリーするべきなのかどうか」

あすみは口ごもりながら言った。

今、理空也のことを除けば一番悩んでいることである。

理空也の眉がかすかに曇り、あすみは唇を噛む。

こうなることはわかっていた。こんなおしゃれなバーで、カクテルを飲みながら言うようなことではなかった。

カラン、とベルが鳴った。バー「陸」に、二組目の客が入ってきた。

「いらっしゃいませ」

理空也は穏やかに言った。入ってきたのは三十代らしい男女である。

「ぼくからあすみちゃんにアドバイスできるとしたら、ひとつだけ」

客のほうに行く前に、理空也は少し身をかがめ、小さな声で言った。

「何？」

「その仕事は、あすみちゃんが、本当にやりたい仕事なのかということ。お金よりもなによりも、いちばん大事なのは情熱だと思う」

間近で見る理空也の瞳は澄んでいた。まつげが驚くほど長く、頰に陰を落としている。

あすみは駅からの帰り道をゆっくりと歩いていた。

足が痛い。

今日は理空也のバーへ行くためにとっておきのワンピースを着て、ヒールの高い靴を履いたのだ。

久しぶりにカクテルを飲んだので少しくらくらするが、思考は冴えていた。

理空也は好きだ。好き好き大好き！　と思う。今でもそう思う。

理空也が目の前にいると胸が締め付けられるようだ。マンションのエントランスで、戸惑いがちに抱きしめられたときは幸せで涙が出た。

しかし、大事なことの相談はできなかった。

あすみはスマホを取り出すためにバッグを開け、ふと思いついて筆太郎を出してみる。

五月分の家計は順調だった。今月から生活費は週ごとに袋に分けて使うようにしている。来月まで頑張って、お金が余っていたら服を買い、さらに余っていたら貯金を始める予定である。

理空也は俗っぽいことが大嫌いだ。家計簿にちまちまと節約術を書いたり、袋分けをしていることを知られたら、どうしてそんなことをするの？　と不思議がられそうである。

……それなのになんで理空也は、バーテン仲間に、自分は京日カーボンの会社員だとか言ってたんだろう……。

あすみは筆太郎をバッグにしまい、スマホを取り出した。

これまでに何回も読んだ、転職サイトのページを開いてみる。

月給十九万二千円〜二十六万円＋諸手当
※年齢、経験、能力を考慮の上、当社規定により決定いたします。

――十九万二千円。

七つ丸フーズ販売の正社員の給料は思っていたよりも低かった。

手取りはさらに低くなる。家賃光熱費を払ったら、生活費が残るのかという額だ。

なんとか生活を立て直したのに、またギリギリに戻ることになる。

次の契約を更新しないで夏休みをもらって。と黒川は簡単に言うが、就職までの間が空けばその分の生活費が必要になる。夫の収入がある黒川とは違う。

あすみはぼんやりと数字を眺め、今日、理空也に言われた言葉を思い出す。

その仕事は、あすみちゃんが、本当にやりたい仕事なのかということ。

今やっていることは嫌いではないが、やりたい仕事なのかと問われると迷う。仁子や深谷のように、あるいは理空也のように、この職業に就こうと決意して、努力して就くものではないような気もする。

エントリーするなら早くしなくてはならないのに、あすみは決断することができない。

あすみは転職情報サイトのほかのページを見た。

営業事務というくくりだと、給料は似たり寄ったりである。つまり派遣社員でいるほうが収入はいい。

受けたところで受かるかどうかわからない。派遣社員も、今のところに決まったのは三社目である。

今のままでなんとかなっているのに、そんなにやりたいわけでもないのに、生活の質を落としてまで、正社員になるべきなのか。

ふと八城に訊いてみたくなった。

八城はあすみと同じ立場で、目標を持っている男だ。俺ならエントリーすると言うかもしれない。

俺は浮気相手になるつもりはない——という八城の言葉が頭に浮かんだ。

八城には、今は連絡をとれない。

「理空也……」

マンションがいつもよりも大きく見えた。やりたい仕事だろうとなかろうと、あすみはここに帰るために働かなくてはならない。

あすみは右手にスマホ、左手に筆太郎を握りしめ、エントランスの前で立ちすくんだ。

藤本あすみ様

ごぶさたしています。お仕事のほうは順調でしょうか。

派遣業務六か月目にあたり、お話ししておきたいことがあります。お手数ですが、ランチ時か就業後に、お会いできる時間をとっていただけませんでしょうか。

株式会社クロスキャリア　担当：矢野

矢野が指定してきたのは、有楽町オフィスの近くのファミレスだった。新橋まで行ってもいいですよと言ったのだが、私が行きますので。と、矢野は強固に主張してきた。

ドリンクバーのハーブティーをテーブルに置き、向かいに座った矢野は、これまでと同じように事務的だった。

仕事の様子についての質問と、もうすぐ契約の更新があって、六か月を過ぎたら有給休暇を取れるようになること、あすみの評判は悪くなく、希望があれば前にいた人が産休明けに帰ってきてからも在社していられることなどを話す。

あすみのカフェオレが半分になったあたりで、矢野は急に声をあらためた。

「七つ丸フーズ販売さんの業務拡張のことは知っていますか？　藤本さん」

来たな、と思った。

こういうときには営業ではなくて派遣コーディネーターが来るものなのかもしれない。矢野には最初の相談のときから世話になっている。強く行くなと言われたら断りづらい。

「はい、噂として聞いています。あれ、本当なんですか？」

あすみは注意深く尋ねた。

転職サイトを子細にチェックしたことは黙っていることにする。

矢野はうなずいた。

「本当です。うちの営業にも情報が来ています。始業が九月なので先方も焦ってはいないようですが。藤本さんに直接、声がかかっているということはないですか？」

「率直にお伺いしますが――藤本さんは、七つ丸フーズ販売さんの正規社員募集に、応募する気持ちはおありですか?」

「それはないです」

あすみは黙った。

釘を刺されるだの探りを入れられるだのという雰囲気ではなかった。矢野は真剣な表情であすみを見つめている。

「――正直に言って、悩んでいるところです」

あすみは答えた。

ごまかそうかと思ったが、諦めた。そんな気持ちあるわけないです! わたしは派遣社員を極めます! と言い切ってしまえばいいのかもしれないが、そこまでのスキルはあすみにはない。あったところで矢野にはバレると思う。

「そうですか。行くつもりも少しはあるわけですね。悩むのはどんなところですか?」

あすみはゆっくりとカフェオレに口をつけ、考えた。

「今の仕事の環境、けっこう気に入っているんです。やっと慣れてきたところで、転職したら同じように仕事ができるのか不安です。お給料も落ちますし、これが本当にやりたい仕事なのかと言われたら答えられない。でも、正社員になれるなら、なっておいたほうがいいのかもしれないとも思います」

「お給料は落ちるのに、責任は重くなる、ということになりますね」

「はい。責任のほうは……、大丈夫じゃないかな、と思うんですが」

あすみが言うと、矢野はいつものように軽くうなずいた。

「藤本さんはもともと大手企業の正社員で、辞められたあと、再就職先の選択肢のひとつとして派遣社員を選ばれたのですよね」

「はい……。実は、そこまで考えてなかったといいますか……。だから逆に、今になって迷ってしまうんだと思います」

あすみはもごもごと答えた。

あすみには八城のように、あるいは黒川のように、自分はこうするという方針がない。

最初は仁子へのエクスキューズで派遣会社に登録だけしてみた。メールの求人情報につられて、一週間くらい働いて当座の生活費を稼ごうと思った。相談してみたら長期派遣の事務職を勧められ、矢野が親切なのと、ハローワークよりもきれいめの求人が多かったので、派遣社員になることを決めた。

などということはこの場ではとても言えない。選んだのではなく行き当たりばったりに、流されるままに動いてきただけなどとは。最初の動機をなんと説明したかすら忘れてしまっている。

あすみが黙り込むと、矢野が静かに口を開いた。

「そうですか。――でしたら、わたしは、応募したほうがいいと思います」

「え？」

あすみはびっくりして顔を上げた。

矢野は自分を落ち着かせるかのようにハーブティーを飲んでいる。

「応募って……。応募しちゃっていいんですか？」

「止める権利は誰にもありません。――これは、あくまでわたし個人の意見として聞いていただきたいのですが」

矢野はティーカップを置き、ゆっくりと切り出した。

「藤本さんが目標があって派遣社員をしているわけではなく、今後、腰を据えてお勤めされることを考えているとしたら、このお話はたいへんいい話です。七つ丸フーズ販売さんは働きやすい会社です。独身既婚を問わず、長く勤めている女性がたくさんいます。仕事内容はおそらく今のものと似ていて、藤本さんでしたらこなせるものと思います」

「でもあの……お給料、少ないですよね……？」

あすみはおそるおそる問いかけた。

矢野は首を振った。

「給料の額面は多くはないですが、交通費と家賃の補助があります。その他の福利厚生も、七つ丸商事さんのものがそのまま使えます。ボーナスは去年の実績で年間約四・五か月分。良いほうです。残業代に加え、一年ごとにベースアップもありますし、おそらく働いてみたらそれほどの差は感じないと思います。

派遣社員で優秀な人が優先的に入れるという話は嘘ではないと思います。以前もそういう例がありましたから。

いまは残念ながら、安定した会社の、事務職正社員での中途入社は厳しくなっています。藤本さんが派遣社員として在社しているときに、たまたまこういう話があったのは非常に幸運なことだと思います」

矢野が転職をすすめてくるとは思わなかった。何かの罠なのではないかと思う。

「……いいんですかね……。そういうのは、矢野さん的に」

「派遣元としては困りますが、そこは藤本さんが考慮する必要はありません」

矢野はきっぱりと言った。

あすみは矢野を見つめる。矢野はこれまで何回も就職相談をしてきたときと同じく、真面目で事務的な表情をしている。今回は、頑張りましょうねと言わないんだな――とうっすらと考えた。

「だったらどうして……」

「わたしの担当だった派遣社員の方のご家族が、先日事故で亡くなりまして」

矢野は突然、話を変えた。

「ご実家が遠かったので、忌引きの休暇をとれないかというご相談がありましたが、ご実家に帰られ、その後、契約を解除されました。派遣社員ですので。その方は有給休暇を使って出すことはできませんでした。真面目で、頑張り屋の方でした。彼女に忌引き休暇をあげられなかったこと、仕事を気にせずに休んでくださいと言えなかったこと。ひいては彼女の立場になって考えてさしあげられなかったことは、わたしの中で大きなしこりになっています。

わたしは今後、できるなら、そのような気持ちを持ちたくありません。わたしの仕事は、その人にとって最良の働き方を提案していくことだと思っています」

矢野はあすみを見つめ、一息に言った。

あすみはその気迫に圧倒される。矢野が感情的になったのを初めて見た。

「いいんですか。わたし、入って六か月なのに。派遣を辞めてしまったら、矢野さんの成績が悪くなるんじゃないですか」

「大丈夫です。上には叱られるかもしれませんが、叱られるだけです。――わたしは、正社員ですから」

「――正社員」

　あすみの背中に震えが走った。

「もちろん決めるのは藤本さんです。藤本さんの人生ですから。最初に申し上げましたが、これはわたしの個人の意見です。わたしは、藤本さんがどんな道を選ばれても応援をしていくつもりです。今日は業務時間外にありがとうございました」

　矢野は伝票を持って立ち上がった。

　レジへ向かう前にふと止まる。

「頑張ってください、藤本さん」

　あすみを見つめて、矢野は言った。

　あすみは呆然（ぼうぜん）として、矢野の後ろ姿を見送った。

　矢野はプロである。優秀な派遣コーディネーターだと思った。


「それで結局、エントリーすることにしたの？」

　カウンターの向こう側で、理空也がペーパードリップのコーヒーを淹れている。

　週末のあすみの部屋である。残業帰りに電車に乗っていたらＬＩＮＥが入り、あすみが帰った直後に、ごく普通に、高級スーパーの大きな紙袋を抱えた理空也がやってきた。

「──うん。岡島さんに話した。今度、人事部の人が来るから、紹介してくれるって」

あすみは言った。

いなくなってからずいぶんたつのに、理空也はごく自然にキッチンに立ち、あすみはカウンターのスツールに座っている。

この部屋に引っ越したときから、キッチンの主導権は理空也にあった。冷蔵庫もオーブンレンジも鍋も皿もカトラリーも、さらに言うならテーブルも椅子も、理空也が選んだものである。

「よかったね」

「これがやりたい仕事なのかどうかは、よくわからないんだけど……」

「七つ丸商事だったらよかったのにね。七つ丸って名前がついているからまだいいけど。子会社だってまわりが気づかなければいいね」

理空也は言った。そういうことを相談しているのではないのだが。

キッチンはきれいに片付けられていた。料理をしながら少し場所を変えたようだ。

理空也はキッチンが散らかっているのを嫌う。

理空也が作ったペペロンチーノのパスタはおいしかった。鷹の爪がぴりりと効いていた。お酒はフランスの赤ワイン。メインはミニステーキ、付け合わせはクレソンとモッツァレラチーズとレモンとトマトのサラダ。理空也はこういうものを短時間でさっと作る。

ペーパーフィルターとコーヒー豆はあすみが買ったものである。エスプレッソマシンもあったのだが、フリマサイトで売ってしまった。同じコーヒーでも、理空也が淹れると香りも違う。

料理を作ってもらったので、コーヒーを淹れるくらいあたしがやる、と言ったのだが、今日はあすみちゃんはお客さんでいて、と言われてしまった。

自分の部屋なのにお客さんでいるのも変だなと思いつつ、あすみは逆らえない。理空也の言葉に従うのはとても気持ちいいのである。自分が大事にされている、まるでお姫様のように扱われていると思う。

「いろいろ考えたんだけど、今の仕事、昔よりも楽しい気がするの。矢野さんもすすめてくれたし、正社員になって、きちんと仕事をしてみてもいいかなって。ダメだったらまた派遣社員に戻ってもいいし」

なぜあすみは理空也に言い訳をしているのだろう。

「あすみちゃんがいいならいいと思う。ぼくはできるなら、結婚したら辞めてほしいけれども」

理空也ははい、と言って、カウンターにコーヒーカップをことりと置いた。

コーヒーのドリッパーを洗い、食洗機に入れなかったワイングラスを注意深く拭く。自分はコーヒーを飲まないらしい。デザートなら冷凍のスコーンがあるよと言ったのだが、忘れているようだ。あすみがエスプレッソマシンを友達にあげたと言ったときは何も言わなかったのだが、内心ではがっかりしたのかもしれない。

「結婚……するの？」

あすみはおそるおそる尋ねた。

以前はあんなに嬉しかった言葉が響かない。

「うん。ぼくはしたいと思っている。以前も言ったけれども。ぼくは頑張って働くから、あすみちゃんにはぼくを支えてほしいんだよ」

理空也はなめらかに答えた。

「だったら、どうしていなくなったりしたの？」

「それは説明したよね。あすみちゃんには悪かったと思ってる。だからせめて、できることで償いたいと思って。これからは優しくするよ。仕事が軌道に乗ったら、すぐにあすみちゃんが仕事を辞められるように」

「あたし、もしも正社員になれたら……なれなくてもだけど、しばらくは仕事を辞めないと思う」

理空也はグラスを拭きながらあすみに目をやった。

「どうして？」

「簡単に辞めちゃうのもどうかって思うし、収入ないの怖いから」

「そうか……。そういう考え方もあるよね。たった二十万円くらいのために毎日を拘束されるのもばかばかしい話ではあるけれど」

「たった二十万円？」

「ぼくはこれまでに、いろんなお客さんたちを見ているからね。一晩でそれくらい使う人は珍しくないよ。お金は水みたいなもので、流れるところに入ってくる」

理空也はワイングラスを拭き終わると、ウイスキーグラスをとった。グラスに氷とウイスキーを入れ、カウンターをまわってあすみのそばに来る。

「あの、今のお店って、りっくんがオーナーなんだよね？」

あすみは思い切って尋ねた。

「正確には、共同経営者がもうひとりいるよ」

「それでもいいんだけど。証拠っていうか……。給与明細みたいなの、見せてもらってもいいかな」

あすみは言った。

今日、家に帰ってきてから急いで、理空也が来る前に家計簿に向かった。尋ねるべきこと、確認するべきことをいくつか、筆太郎で家計簿に書き付けたのである。そのうちのひとつだ。

理空也はけげんそうに、目を細めた。

「経営者だから給与明細はないよ、あすみちゃん」

「でも前に見せてもらったようなの、何かあるよね。あたしそういうのはわからないんだけど、友達に詳しい人がいるの。頼りになる人だから、見てもらいたいと思って」

「店の内情を人に見せるのは気がすすまないな……」

「その人はプロのファイナンシャルプランナーだから、守秘義務とか、そういうのは大丈夫だと思う。結婚するならあたしも知ってたほうがいいと思うから。あと、仁子にも今度、会ってもらいたいの。仁子って話したことあるよね」

「――わかった。じゃ今度、経営報告書を持ってくるよ。本当は、今日はあまりそういうことを考えたくないんだ」

「うん、お願い」

「明日、買い物につきあってくれる? 行きたい美術展もあるし、ちょっと店で使うものがあるんだよね」

「うん。あの――」

理空也と買い物をするのは楽しい。センスが良くて、なんでも知っていて、感心することばかりなのだ。

このまま何も言わないでいたい、とあすみは思った。コーヒーはおいしいし、理空也はとても美しい。今日は食事の前に寝室に入って、クロゼットを確認していた。きっと今夜、この部屋に泊まっていくつもりでいるのだろう。

機嫌がいいときの理空也は優しい。あすみが黙っていさえすれば、自分の中の違和感に目をつぶってしまえば、夢のような週末を過ごせる。この美しい男を独り占めできるのである。

「あの、お金、少し返してくれないかな?」

あすみは声を振り絞った。

こんなときに野暮すぎて泣きたくなる。

「お金?」

理空也は眉をひそめた。

「あの……。去年のカードのお金。引っ越しとか、けっこうかかっちゃったから。今はなんとかなっているから、どうしてもっていうわけじゃないんだけど」

「ああ。——もちろんいいよ。いくらくらい?」

「ええと、……十万円くらい」

あすみは言った。

コーヒーを飲んでいる最中だというのに、喉がからからになっている。

理空也はうなずいた。

「わかった。明日でいいかな。ぼくは現金を持ってないんだ。知っていると思うけど」

「うん」

「愛してるよ、あすみちゃん」

理空也は軽くあすみを抱き寄せ、頬にキスした。

「シャワー浴びてくるよ。――一緒に浴びる？」

理空也は低い声であすみを誘った。

「ううん、先に入ってて」

理空也はウイスキーを飲みほし、バスルームに入っていく。スマホを持って行くのが少し気にかかった。

理空也がいなくなると、あすみは椅子の上で息をついた。

頬にキスされただけで力が抜けている。

理空也に野暮な話をするのは流れに逆らって泳ぐようなものである。理性を総動員し、意志を奮い立たせなくてはならない。

あすみは立ち上がり、向かいの椅子まで行った。

確かめてみなくてはならない、と自分に言い聞かせている。

理空也の言葉が本当なのかどうか。訊いてみても確証がつかめなかった。信じたいけれど信じられないでいる。

椅子には理空也のバッグが置いてある。芸術系の大学生あたりが使っていそうな、少し変わったデザインのトートバッグである。

あすみはためらいながらバッグを開け、財布をとった。

黒の長財布。正確には札入れである。理空也は札入れと小銭入れを別にして持っている。

札入れには一万円札がたくさん入っていた。数えるまでもなく十枚以上。二十万円はありそうである。

カード入れに入っている名刺の、緑色のロゴに見覚えがあった。京日カーボンのものである。

どきんとした。理空也はあすみの名刺を財布に入れて持ち歩いていたのか。ずっとあすみのことが気にかかっていたというのは本当だったのか。

あすみはシャワーの音を気にしつつ、名刺を抜き出した。

名刺はあすみのものとほぼ同じだった。社名も住所も部署名もそのままだ。

——肩書きが主任、名前が野崎理空也になっていることを除けば。

ロゴマークのところには、京日カーボンの正規の名刺なら必ず押されているはずの型押しがなかった。マークの色や活字体、紙質も似ているが違う。

……名前の部分を変えて、勝手に発注した、ということか？

財布にはほかにも名刺が入っていた。京日カーボンのものだけではない。あすみももらったバー「陸」と、知らないバーのもののほかに、酒造会社の課長代行、経営マネジメント会社の取締役社長、知らない芸術大学の講師、空間デザイナーと書かれたものがある。

すべて名前は野崎理空也だ。携帯電話の番号も同じである。

いろんな肩書きの、何枚もの、理空也の名刺。

手が震えた。

わけがわからないまま、名刺と財布をもとの場所に戻し、席に戻る。

冷めたコーヒーを飲んでいると、理空也が戻ってきた。

上半身は裸でバスタオルを肩にかけている。理空也は小柄だが引き締まった体をしている。腹にも腕にもなめらかな筋肉がついていて、無駄がない。

「あすみちゃん、シャワー浴びる？」

「あ、うん」

「出てきたら少しお酒飲もう。材料を買ってきたから、カクテルを作るよ。シェイカーあるよね」

「ええと、アルコール少なくして。なんかあたし、頭がごちゃごちゃしてて」

「了解。無理ないよね、久しぶりだから。ウイスキーベースでいい？　アイリッシュ・ウイスキーを持ってきたんだよ」

「うん」

あすみはバスルームに入った。

……どうしたらいいんだろう。

あすみはシャワーを出しっぱなしにして、裸で湯船に座りこむ。

たぶん——あの名刺は、悪いことをするために作ったのではないと思う……。

あすみは去年の夏、理空也とデートをしたときのことを思い出した。

ふたりで芸術大学の催事にデートに行った。そのとき知らない誰かから、芸大の卒業生の方ですか？　と尋ねられた。理空也ははいと答え、その場にあった絵についての感想を述べ始めた。

理空也が芸大出身だなどと聞いたことがない。となりにいたあすみは戸惑い、あたしは違いますと言うしかなかったが、理空也はそれを聞いてもニコニコしていた。あとから、なんで嘘を言ったのと尋ねたら、別にいいじゃないか、勝手に誤解したんだからと平然としていた。

それからあすみが、京日カーボンの社員カードを見せたときのこと。

あすみは社員カードを紐(ひも)つきの透明なカード入れにいれていた。会社のあちこちの部屋に出入りをするのに必要なので、仕事中は終日首から下げている。カード入れ自体はどこの文具店でも売っているものである。そのままランチに行ったり、うっかり電車に乗ってしまったりする社員もいる。

あすみがその話をしたあと、理空也はいつのまにか、同じカード入れをどこかで買っていた。それらしく見えるカードを入れて、銀座を歩くときに首からこれを下げていたら、みんな会社員だと思うよねと笑って言った。

理空也に悪気はなかった。それで誰かを騙(だま)すということもなかった。

理空也はただ芸術大学の卒業生や、大手企業のサラリーマンだと人に思われてみたかったのだと思う。いや、自分で自分をそう思いたかったのだと思う。

アルバイトのバーテンではなくて、バーを経営するオーナーだとあすみに思われたかったように。

八城は飲み会で、契約社員だと言わず、七つ丸商事に勤めていると言った。女性たちは八城をエリート商社マンだと誤解した。

あすみだって絵画展のアルバイトや目黒の食事会では、いい家のお嬢さんで、仕送りを貰いながら遊んでいるかのようにふるまっている。

理空也がやっているのはそれと同じことである。

では今はどうなのか。理空也が言っていることは。

理空也はあすみと離れたあと、努力して、やっとあの小さなバーを持てた。そして、愛するあすみとよりを戻すために帰ってきた。

理空也はそうなりたいと思い、あすみならそう思い込んでくれるから、そういう自分を演じるために戻ってきたのではないのか——。

十万円——あの十万円は——本当はお金を持っていたのに、なんで現金を持っていないなんて——。

「——あすみちゃん、いい？」

ドアの外から声がかかった。

「あ、うん、すぐに出るね」

あすみは風呂からあがった。

どうしたらいいのか思いつかない。あすみはもともと考えることには慣れていないのだ。ワインを飲み過ぎて頭がぼうっとしている。

「アイリッシュ・ローズでいいかな」

「――うん」

「ザクロのシロップを使うんだよ。素朴なウイスキーとザクロが、鮮やかな薔薇に化ける。あすみちゃんにぴったりだね」

理空也は白いシャツを着ていた。クロゼットにあったものを引っ張りだしてきたらしい。髪は少し濡れていて、黒目がちの目の上に落ちている。前髪を下ろした理空也は、まるで十代の少年のようだ。

――もういいや。

あすみのためにレモンを搾り、カクテルグラスを用意する理空也の姿を見ていたら、どうでもよくなった。

別に、信じたっていいじゃないか。

理空也は経営の何かの書類を持ってきてくれると言った。嘘をついているならそんなことを言えるわけがない。

あの名刺はただの悪ふざけだし、お金のことは勘違いだと思う。

書類が来たら深谷と仁子に相談すればいい。考えるのはそれからでいい。

一時的にでもなんでも、理空也を信じると決めたら気が楽になった。

考えなくていい、というのはなんて楽なのだろう。なんでも理空也が言うのだからその通りだ。失敗したところで自分のせいではないし、面倒くさいこともない。高級な車の助手席に乗って、今の道、間違ってたんじゃないの？　と無責任につぶやいていればいいのだ。

安心して椅子に座ろうとして、あすみは止まった。

テーブルの上のコップに、ピンク色のお菓子が飾られていることに気づいたのである。

いちご味のポッキーだった。ガラスのコップに挿してある。

横にはナッツの入ったガラスの皿。理空也は家でお酒を飲むときは、お菓子であっても店で出すようにきれいに皿に盛る。

「――理空也、このポッキー、どこにあったの」

あすみは尋ねた。

理空也はキッチンでウイスキーを注意深く計っている。

「そこに置いてあったから開けたよ」

「そこに？　カウンターにあったやつ？」

声がうわずった。理空也は不思議そうにあすみを見た。

すべての液体をシェイカーに入れ、正確に振ってからカクテルグラスに注ぎ入れる。

「そうだけど」

「なんてことするの！　これ、あたしの友達が持ってきてくれたのに！」

あすみは叫んだ。

ミルキーからもらったポッキーはずっとカウンターに飾っていた。食べようと思ったこともあるのだが、お祝いごとに慣れていないだろうミルキーが、精一杯考えて持ってきてくれたのだと思うと、開けられずにいたのだ。

「開けちゃいけないものだったの？」

理空也はカウンターにことりとカクテルグラスを置いた。

そのままキッチンを出て、あすみの肩に触れる。うしろからゆっくりと抱きしめようとする。

あすみはその手を振り払った。

「――出てって」

あすみは言った。

「え？」

「いいから出ていってよ。ここ、あたしの部屋だから。あたしのポッキー、勝手に開けて、何かかっこいいことを言えば、あたしがなんでも言うこときくなんて思わないでよ！」

「あすみちゃん――」

理空也は困ったようにつぶやいた。

あすみは理空也と目を合わさなかった。

理空也は手を下ろした。そのままテーブルをぐるりとまわってバッグをとる。すれ違いざまにもう一回あすみに手を伸ばしたが、あすみは避けた。

「あとで連絡するから」

理空也はあすみの横をすり抜け、出ていった。濡れた髪の匂いがした。

かちゃり——と、ドアが閉まる音がすると、部屋が急に、しんとなった。

あすみはのろのろとテーブルを離れた。

キッチンに行き、すみのゴミ箱を開くと、ナッツの小袋とレモンの皮にまじって、いちごポッキーの箱が無造作に入っていた。

あすみは濡れたポッキーの箱を掘り出して、キッチンペーパーで拭いた。もとの形に戻し、カウンターに置く。半分潰れて破れていたので、マスキングテープで丁寧に補修した。

カウンターにカクテルがあるのに気づいて一気飲みする。

アイリッシュ・ローズというカクテルを初めて飲んだ。少し苦くて甘酸っぱくて、信じられないくらいおいしかった。しかしあすみには華やかすぎ、美しすぎる。

理空也からの連絡は来なかった。

あすみが出ていけと言ったのに、自分から追いかけてくるわけがない。

理空也はふいと消えたり、また現れることはあっても、みっともなく誰かを追いかけてあがいたりはしない。フェイクだろうが本物だろうが、かっこよく淡々と生きていく。いつも迷ってあたふたして、後悔ばかりしているあすみとは違う。

だったらどうして理空也はあすみのところに戻ってきたのか。

そもそもどうしてあすみとつきあったのか。あすみにはわからない。

これまでに一回でも、理空也のことをわかったためしがあっただろうか。

ただ好きなだけで、彼の言葉を鵜呑みにして、違和感があってもそのままにして。

理解する努力すらしなかったのは、あすみのほうではないか――。

「藤本さん、朝イチのやつ、見積書できてる?」

あすみがオフィスでパソコンに向かっていると、岡島がいつものように叫んだ。

あすみは付箋を貼ったファイルを開き、見積書を取り出す。

「はい。できてます」

「よしよし、余裕で間に合うね。今日、ランチ早めに行ってきてくれる? さっき営業くんから発注が入るって連絡あったから、けっこう忙しくなるの。藤本さん、午後は席外さないほうがいいでしょう」

「はい。——人事課長さんがいらっしゃるんですよね」

「そう。といっても顔を出すだけね」

やや声をひそめて、岡島は答えた。

今日、七つ丸フーズ販売の人事課長が来る。岡島はあすみが緊張していると思っているようだ。

あすみのバッグの中には履歴書が入っている。持ってくるようにと言われたわけではないが、言われたら渡せるように。せっかく紹介してくれるというのに、岡島の顔をつぶしてはならない。

実のところあすみはまだ迷っている。

これからどうなるかわからない。派遣社員としても半年弱しか経験していないのに、こんなふうに成り行きで仕事を決めてしまっていいものだろうか。

この仕事が以前の仕事より楽しいのは、派遣社員だからかもしれないのに。

商社の営業事務という仕事を本格的にするにしろ、もっと調べたり、相談したり、いろいろ考えたりしたほうがいいのではないか——。

「じゃ、これファクスしたら行きますね」

見積書をファクスし、ランチバッグを取り出していたら、スマホにＬＩＮＥの着信があるのに気づいた。

仁子からである。

あすみ、急にごめん。入院の保証人になってもらってもいい?
迷惑かけないから
今日手術なの

「――手術……?」

あすみはスマホを見つめ、思わずつぶやいた。

近くにいた岡島があすみに目をやる。どうしたの、と心配そうな声で尋ねた。


「――わざわざ来てもらわなくてもよかったのに」

仁子は病室のベッドに半身を起こしていた。

もう手術は終わっている。あすみが到着したときは手術の最中だったが、終わって目を覚ますときには間に合った。

パジャマ姿で化粧をしていない仁子は、少し青ざめて小さく見える。病室は四人部屋で、カーテンに仕切られているが隣にはほかの患者がいる。

「そんなこと言ったたって、仁子、実家だって遠いし。前もって教えてくれればよかったのに」

「両親にはあたしが来なくていいって言ったのよ。たいした手術じゃないから。でも今日になって病院から、関東圏に住んでいる人で、保証人になれる人はいませんかとか言われちゃって。あすみには名前だけ借りるつもりだったんだけど」

「わかるけどさ、びっくりして飛んできちゃったよ」

仁子は相変わらず泣き言は言わないが、たとえ命に関わるものではなくても、ひとりで手術を受けて平気でいられるわけがない。あすみにLINEを送ってきたのは弱気になっていたからだと思う。

「あすみの仕事はよかったの？　けっこう忙しいんでしょ」

「急ぎの仕事はすませてきた。何かすることとある？　食べたいものとか。せっかくだから買ってくるわ」

あすみは言った。

忙しいときに仕事を早退するのは心苦しかったのだが、おろおろしていたら岡島が、病院に行ったらとすすめてきた。

親友さんなんですか？　こっちはなんとでもなるから、気にしないでいいですよ。こういうときは誰かに近くにいてもらいたいもんでしょう。

「頼みにくいんだけどさ……。下着と生理用品買ってきてくれない？　入院してみたら思っていたのと違って。近くに大型のスーパーあったと思う」

仁子は少しためらい、声を小さくした。

「いいよ。サイズは？」

「ブラはC75。おしゃれなのじゃなくて、ワイヤー抜きのダサいやつ。パンツはMで生理用の、五枚くらい。生理用品は昼用多めと夜用スーパー。超でっかいの、二袋くらい」

「わかった。適当に買ってくるよ」

「悪いね。兄貴がそのうち来てくれるらしいんだけど、これはさすがに頼めないわ」

「そりゃそうだよねー」

あすみと仁子は同時に笑った。

仁子が、えーとお金、とつぶやいてバッグを探し始めたので、あすみは自分のバッグから封筒を取り出した。

「お金なら大丈夫、お見舞い持ってきたから」

薄い銀行の封筒の中には、一万円札が十枚入っている。病院へ来るとき、駅にATMがあるのを見つけて下ろしてきた。

給料日の直後でよかった。予定外だがこれは必要で、仕方のないお金だ。

「十万円あるから。この中から出せばいいわ」

あすみは封筒を差し出しながら言った。

仁子は眉をひそめた。

「あすみ、あのときのお金のことなら、本当にいいんだよ。あれはアルバイト代だって言ったでしょ」

「あのときってなんのこと？　これはただのお見舞いよ。あたし借金嫌いなのよね」

あすみは言った。一回言ってみたかったのである。

仁子は真剣な表情であすみを見た。冗談のわからない女である。

「いいの？」

「うん。先月残業たくさんしたから、今月はけっこう余裕があるの」

あすみは嘘を言った。

嘘ではあるが、しばらくの間カフェに行くのをやめて、卵とキャベツともやしの生活に戻ればなんとかなる。勢いで高い服を買ってしまわなくてよかった。

仁子は少し考え、封筒を受け取った。

「そうか。じゃいただいておくわ」

「うん。あたし買い物行ってくる。帰ってきたらお弁当食べるね」

「お昼食べてないの？　だったらついでに何かおいしいもの買ってくれば」

「ケーキ買ってもいい?」

「いいよいいよ、一緒に食べよう。あたしはゼリーがいいな。絶食してたからおなかすいちゃった」

「やったー!」

仁子は封筒から一万円札を一枚抜き、あすみに渡した。

あすみは財布にお金を入れてベッドから離れる。

「あすみ、ありがとう」

仁子が言った。あすみは白いカーテンごしに振り返り、笑ってみせる。


オフィスに戻ったときは定時を過ぎていた。

水産事業部は黒川だけがいなかったが、他の人たちは忙しそうに電話をとったり書類を作ったりしている。

「あら藤本さん、戻ってきたんですか?」

あすみが近づいていくと、岡島は書類に定規を当ててる手を休めて顔をあげた。

「気になっちゃって。あれ大丈夫でしたか? イッキ水産の冷凍イカ」

「冷凍イカ、間に合いました。黒川さんが担当してくれたので。書類作成はこれからだけど、わたしがやるから藤本さんはいいですよ」

「あの……人事の件は、どうなりました？　七つ丸フーズ販売の」

あすみはおそるおそる切り出した。

「人事課長なら来ましたよ。藤本さんのことは、話だけはしておきました」

「人事課長、何か言っていました？」

「そういう事情なら仕方がないですねって。今回はどちらかといえば、外回りの男性で即戦力になる人を探しているみたい。内勤はそのうち追加募集があるかもしれないから、そうなったら連絡くれると思います」

「よろしくお願いします」

あすみは言った。

病院へ行ったことに後悔はなかった。正社員になる機会はまだある。今は仁子のほうが大事である。

「お友達は大丈夫でした？」

「はい。手術、成功しました。そんな危険なものでもなかったみたいで」

「そう。よかった。知らない人ですけど。独身ひとり暮らしで手術とか、わたしも人ごととは思えないんですよね」

岡島は本当に安心したように息をついた。

週末の夜、新宿のバー「陸」に入る前に、あすみはバッグを開き、家計簿に書き付けたメモを頭に刻みつけた。

生活感にあふれた質問は理空也が嫌うということはわかっているが、今度こそしっかり話し合いたい。あやふやなままで進んでいくのはよくない。もしも理空也が忙しいようなら、仕事のあとでも後日でもいいから、別の場所で逢えるように約束したい。

あすみは思い切ってバーの扉を押す。カランと小さなベルが鳴る。

「いらっしゃいませ」

カウンターの内側にいた理空也はかすかに目を細めた。

客はあすみのほかにも二組ある。ひとりはカウンターでお酒を飲んでいるスーツ姿の男性、もう一組は小さなふたり用のテーブルで向かい合っている男女である。

理空也はあすみの前へ滑るように歩いてきた。今日は少し紫がかったシャツを着ている。

「何にする？　あすみちゃん」

理空也は静かに尋ねた。

「アイリッシュ・ローズ」

「わかった。情熱的な赤い薔薇だね。——先日のことは気にしてないよ。あすみちゃんもそうならいいと思ってる」

理空也は手を伸ばしてウイスキーの瓶をとり、逆三角形のカクテルグラスをカウンターに置いた。

「うん。この間はごめんね。一回、ちゃんと話したくて来たの」

「この間の話じゃ足りない？」

「足りないっていうか、何も話してないと思う。お金のこととか、お店のこととか、……結婚のこととか」

ほかに何があったっけ。あすみは一生懸命考える。

「実は、あたしの友達がね。仁子が……。入院しちゃって」

「大変だったね。ぼくに何かできることはある？」

赤いシロップを計りながら理空也は言った。レモンは今日は、搾ったものがあるようだ。

大変だったね、とはこれまでにも理空也から何度も聞いたと思う。同情をこめて、少し切ないような顔で。何かできることはある？　そしてあすみがこうしてほしいと言うと、もちろんいいよ。明日でいい？　と答える。

そしてその明日はけしてやってこない。

「それはいい。話をしたいの。ファミレスかなんかで会えないかな」

「ファミリーレストランは好きじゃないんだ。今日、ぼくがあすみちゃんの家へ行こうか」

「家じゃないほうがいいの。カフェでも、公園でも、お酒の入らない場所で。あたし、すぐに流されちゃうから。わかるでしょ」

「いいよ。——いらっしゃいませ」

理空也はなめらかな動作でシェイカーを振り、カクテルグラスに赤い液体を注いだ。あすみの前に置くタイミングで女性のふたり連れが入ってきて、そちらへ顔を向ける。

理空也が新しい客のところへ行くと、あすみはほっと息をついてグラスを口に運んだ。

アイリッシュ・ローズは甘酸っぱくておいしい。見かけの優雅さに反して強くて、体の底が熱くなる。

こんなカクテルを出されたら、誰だって理空也は店を持つべきだと考えるだろう。理空也が夢を語り始めたら、自分が協力したいと思うだろう。

「——何か作りましょうか」

ふと気づくと、カウンターの中に女性が立っていた。

黒髪を後ろでたばね、先日の理空也と同じような黒い光沢のあるシャツを着ている。

化粧も服装もシンプルだが、美人である。以前来たときは厨房らしい奥の場所にいた。

「あ、いいです、まだあるので……」

あすみは言った。

女性はふっと冷たい表情になった。

カウンターの上に、白い手を滑らせる。

手の下には封筒がある。ごく普通の白い封筒だ。

意味がわからず、あすみは女性を見上げた。

「これは手切れ金です。受け取ってください」

淡々と女性は言った。

「――手切れ金?」

「十万円。これで満足なんでしょう? だからもう終わりにして。理空也のまわりをちょろちょろしないでほしいの」

理空也――この女性は理空也を呼び捨てにした。

「意味がわからないんですけど」

「わからないはずがないでしょう」

女性の声が強くなる。

美人だが愛想のない女性だと思った。接客としては失格だと思う。

理空也だったら何があろうとも声を荒らげたりはしない。一切声を荒らげず、醜いものがあったらすっと避ける。それが理空也のスキルなのである。

「あなたに裏切られて、理空也は傷ついているの。ずっと女性不信になっていたけど、やっと立ち直ったところなんです。あなたにはもう理空也のまわりにいてほしくない。その資格もないと思います」

ゆっくりと女性は言った。

離れたところでほかの客と話していた理空也が、ちらりとこちらを見る。女性はそのことに気づいていない。

「今ならお金を返せとは言いません。でも次に姿を現したら被害届を出しますよ。大金ですからね。言っておくけど、わたしは理空也ほど優しくないわよ」

あすみはまじまじと目の前の女性を見た。

裏切られたとはなんだ。

これは恫喝か。お金とは、被害届とは。理空也に去られて、男性不信になりそうだったのはあすみのほうである。

「みおりちゃん、ちょっと」

理空也が小さな声で女性を呼んだ。

「はい。——いいわね、わかったわね」

みおりと呼ばれた女性はあすみに念を押した。

「――わかった。もう二度とりっくんとは会わない。連絡もとらない」

みおりが立ち去る前に、あすみは低い声で告げた。

みおりは足を止め、あすみを見た。

「そうして」

「あなたは、この店のオーナーなの？　りっくんの共同経営者？」

みおりは目をすがめた。

「何を考えているのか知らないけれど、もう理空也からは何も出ませんよ。理由は自分の胸に訊いてみればいいでしょう。今、理空也はゼロからやり直しているところなの。あなたのせいよ」

「わかった――」

あすみはアイリッシュ・ローズの最後の一口を飲んだ。

理空也があすみを見ている。みおりではなくて、あすみのほうを気にしている。

だがやって来ない。すべてをみおりに任せている。

あすみはグラスをかちりとカウンターに置き、封筒を取った。

「受け取るのね」

「いただくわ」

あすみは精一杯のいい女、悪い女を装った。

みおりはあすみをさげすむような、勝ち誇ったような顔になった。

背中がカッと熱くなる。理空也は捨てられた子犬のような目であすみを見ている。

あすみちゃん、本当なの？　と目が訴えかけている。

本当は、とても怖かった——ふいに、理空也の言葉を思い出した。

理空也は怖がりだ。ひとりでは戦えない。

「りっくんを、よろしくね。——さよなら」

理空也から目をそらして、あすみはカウンター前のスツールから降りた。

みおりから手切れ金を受け取ったのは最後の見栄。そして自分に対する罰だ。そう思った。

理空也が逃げたのはあすみのせいである。

好きだから、理想の男だと思ったから、理空也を勝手に自分の車の運転席に座らせた。

理空也だってあすみを愛していた。あすみの理想の男になるのは理空也にとっても心地よかったのだろう。しかし運転する能力はなかった。ふたりとも運転しないのだからどこにも行けないのは当然で、理空也はあすみの車から降りるしかなかった。

みおりは強い。理空也にはみおりがふさわしい。

バーを出たとき、理空也が追ってくるかもしれないと思ったが、来なかった。

あすみは怒りなのか悲しみなのかわからない涙のにじむ目で、駅へ向かって歩く。

この足で駅ビルに駆け込んで、いちばん気に入った服を買ってやろうと思った。

元彼のスマホ解約したよ
会えない？

携帯電話ショップを出たすぐあとに、八城にLINEをした。

晴れた土曜日の午前中である。

起きてすぐにショップへ行き、開店と同時に店に入った。時間があるとぐずぐずと余計なことを考えてしまいそうだからである。

理空也のスマホを解約したらすっきりした。どうしてもっと早くしなかったのだろうと思った。

自分のスマホの契約はまだ残してある。変えるにしても八城に相談したいと思った。

返事は来なかった。これまでなら既読になったらすぐに来たのだが。

ショップを出て、駅のパン屋のイートインでカフェオレを飲みながらスマホの整理をして、マンションへ向かって歩き始めても返ってこない。

八城とは一か月以上連絡をとっていなかった。

忘れられていたらどうしよう。新しい恋人ができてしまっていたら。もうあすみのことなんてどうでもよくなっていたら。

八城は仕事はともかく、ルックスと性格はいい。恋人ができても不思議はない。自分のせいなのだが、がっくりと落ち込んでしまいそうである。

遅かったね

マンションまでの道のりの、半分くらいまで歩いたところで、返事があった。

どっと力が抜ける。

こんなに嬉しいとは思わなかった。ここに八城がいたら抱きついている。

しかし、ここは卑屈になってはならない。元彼のスマホを解約するまで連絡するなと言ったのは八城のほうなのだから。あすみは八城に従っただけだ。

連絡遅れてごめんね
友達が入院して手術になっちゃって、スマホどころじゃなくて

この間話したよね。仁子って、十万円くれた親友
実家も遠いし、放っておけなかったの
なんだ、そうか
てっきり、元彼とよりを戻したのかと思った
そんなわけないじゃん笑
写真とかも全部消した
仕事でもいろいろあって、やっと落ち着いたところなの
明日会おうか？
OKです！

歩きながらやりとりを終えて、あすみはふー、と息をついた。
嘘をついているわけではない。七割くらいは本当である。
七つ丸フーズ販売の正社員になりそこねた話は八城も興味があるだろうし、仁子も

これくらいは許してくれるのに違いない。

みおりからの手切れ金で買ったワンピースはまだどこにも着て行っていない。明日、八城と会うときがデビューである。家に帰ったらひとりファッションショーをやろう。

それから——今年の夏は、実家に帰ろう。

お正月にも連休にも帰省しなかったので、母親が心配していた。久しぶりに姪にも会いたいし、そのころだったら有給休暇をもらえる。

両親には営業事務の派遣社員をしていることと、ひょっとしたら八城のことも少し話せるかもしれない。

やることが決まったら落ち着いた。あすみはマンションに到着し、いつものように郵便受けをチェックする。

取り出したところで手が止まった。

ダイレクトメールに混じって、一通の封書がある。

見るからにお堅い覗き窓に、印字した住所と名前。

あすみは封筒を眺め、しばらくその場に立ち尽くした。

封筒の下の部分に、市民税納税通知書在中——という文字があったのである。

——負けるもんか。

あすみは家計簿の入ったショルダーバッグを肩にゆすりあげる。納税通知書を握りしめ、どこにあるのかわからないゴールへ向かって、埃(ほこり)っぽい床を踏みしめて歩き出した。

🎀今月から生活費は週ごとに袋分け!

余ったら服買う♥

七つ丸フーズ販売正社員の給料 192000円〜260000円

↖少ない♢

収入 みおりから手切れ金 100000円

支出 仁子にお見舞い 100000円

理空也に聞くこと

・理空也の仕事(バー経営)の現在の状況。

・本当に結婚する気があるのか? いつ?

・あすみと離れている間、何をしていたのか。

・財布に入っていた名刺は何か。

・今住んでいる場所と、連絡先。

――本書のプロフィール――

本書は書き下ろしです。

小学館文庫

派遣社員あすみの家計簿

著者　青木祐子

二〇一九年十一月十一日　初版第一刷発行
二〇二二年八月十五日　第九刷発行

発行人　石川和男
発行所　株式会社 小学館
〒一〇一-八〇〇一
東京都千代田区一ツ橋二-三-一
電話　編集〇三-三二三〇-五六一六
販売〇三-五二八一-三五五五
印刷所 ―――― 中央精版印刷株式会社

この文庫の詳しい内容はインターネットで24時間ご覧になれます。
小学館公式ホームページ　https://www.shogakukan.co.jp

ISBN978-4-09-406719-4

シャドウ

神田茜

お姉ちゃん、恋人、私——究極の三角関係が始まる。

姉の陽菜は女優、妹の元菜は付き人。元菜はカメラマンの生駒と恋に落ちるが、女優としてピンチに陥った陽菜は、話題作りのため「元菜を愛しているなら、私と交際宣言をして」と生駒に無理難題を持ちかける。深い絆で結ばれた姉妹の関係と、元菜の恋の行方は!?

解説／中江有里

小学館文庫

ヴァンパイア探偵

禁断の運命の血（デスティニー・ブラッド）

喜多喜久

刑事＆血液研究者の幼なじみコンビが難事件に挑む！

刑事の桃田遊馬は、古い屋敷で血液の研究をする天羽静也に事件の血液分析を依頼している。黒衣姿の静也の渾名は“ヴァンパイア”。バラバラ殺人と“運命の血”の謎、殺された女性の首の傷痕とヴァンパイアのような人物の謎……。そして明かされる静也自身の秘密とは!?